U0131104

太陽是最寒冷的地方

黃家祥 著

目錄

【推薦序】

拼接試煉二維歧路

——讀黃家祥《太陽是最寒冷的地方》

高翊峰

初讀這部短篇小說集，不難發現通往作者書寫小徑的那個岔路口。沿著本書的編排，前六篇是一段歧路，後四篇是另一段歧路。作者何時佇足於岔路口，該是另一種關於寫者自身文本的探究。雖無法確知這十個短篇的寫作時間帶，但作者已將自身撕開，分裂為二。在選擇虛構的素材上，那精神力像似〈夢浮橋〉裡的K1與K2。雖如此假設，依然需要為原生者K保留一塊彼岸淨土。

或許，正因確立了分裂亦是虛構書寫本質性格之一，《太陽是最寒冷的地方》一書，才能進行更多層的解讀。

我想先提及，細胞分裂——是生物體生長和繁殖的基礎。通常由一個母細胞產生兩個或若干子細胞，是細胞週期的一部分。分裂，在生物特質上是為了延續活的時間；轉身論述，分裂，之於小說，也擁有「為了更新的誕生與繁殖」這層意義。由此，便容易理解基於分裂的敘事之後，為了創造有意識的虛構，需要透過拼接——拼接的敘事技藝，特別在前六篇短篇，成為書寫者對小說形式的索求方式。

寫作小說需要直面形式先決帶來的價值，同時也需要承受相對的反噬——私想，兩者皆是「需要」，但非必然。

企圖拼接的真實難處，在於敘事進行中，如何不淪為單純的拼接。小說的完整拼接與連續影像而完成故事的剪接，在構成要件、執行模組、結果目的……若能細究，皆有不同。時常地，文字的拼接易於被使用，也大量被運用，拼接便只完成了拼接的執行。最終看似完成了拼接，卻不一定完成小說。看似進行了虛構故事的創作，實際卻失去故事、情節、角色——這些看似微不足道、卻需要被擱置於心的書寫前提元件。我也經常困於這「易於被使用」、「大量被運用」，以及「看似」，這三者的拿捏取捨。盡力在喘息之間，努力避免輕忽，努力避免漂移虛構重點，以免徒留書寫盲點。

在首篇〈夢孩〉裡，用以明喻的白孔雀的愛之殤與悲之聲，拼接了RPG遊戲夜間測試，再拼接上色情網站的性成癮。這些拼接，透過繁複的詞彙進行，一方面呈現意象的編織，也洩露了散文感的不安。如此不安，是否足以讓角色小柳與靜靜組裝完成人形？角色扮演遊戲裡的「另一個人生」，先彰顯了虛擬搭建的敘事，最後能否成立內建真實的敘事？此外，是否足以讓閱讀之人在詮釋時，堅信現實人生中未誕生的受精卵，在RPG的另一人生中自始自終都只是「可能的夢境」？——這些也是作為讀者我，同時反向寫者我的自問。

夢境擴張嶼記憶拼圖向來都是小說的便利之刃。但若夢境徒留於夢境，解夢之細節的工序，便可能失去爬梳真實記憶的象徵身分。

組裝模型，十分適合兌現拼接式小說的比喻，以及初論。

當寫者打開署名「小說」的組裝模型零件盒子，寫者若能提前一步預見包裝盒上的那個完成品——即便只是落身於想像上的完成品，也已足夠。寫者因為喜愛那尚未完成的完整體，並願意持續想像那「持續的未完成輪廓」，其後的寫，變成了宿命般的動作。動手組裝，等同實踐永遠不存在的流程說明書。那麼組裝步驟，便出現實質執行意義的寫。

另有一事，不容易迴避。在組裝的過程，偶爾會遇上故意遺失零件，甚至是將B組裝模型零件黏製於A組裝模型的嘗試。這是寫者的機巧。然我曾巧遇的機巧，一直建構在高度的技巧基石。以此進階一層討論，不難理解樂高積木可以是同時存有多重比喻與複雜深論的拼接式小說。

與各種強化形式的小說相同，即便完整拼接，小說依舊會在遇上讀者的時點，面對閱讀的臆測：作者最後完成的小說，還停留在零件的散體狀態，或者已經是可供辨識的有機體？——提出這其實無須多言的論述，是思考到在這個意義曖昧與歸零、同質也同值的現代，「拼接」面對這樣的提問，是較為艱難的。

〈通往夏日的歧路小徑〉也是透過拼接，嘗試建築敘事的迷宮。我、楊、小蘋三人有一個三角形，母親、他、她是另一個三角形。兩兩都呈現不規則的身形，任何一邊都可拼接。這也可能意味著詮釋之前的失準——單純是敘事的倒數，而非純粹的時間倒數。

我曾遇偶，那位身分複寫、敘事也複寫的年輕小說書寫者——在寫作最初的小說習作時光，想著如何透過減法，在敘事裡塗銷抹除自身的痕跡。即便是那些被耽誤與誤解的變造式真實故事，也是試圖「減去我」，或者是「除以我」。若能將自身在小說形成的方程式裡，歸零，那所寫下的，或許真的是寫下了。

少有迷宮在建立之初，單就只是為了讓進入者迷路。一個可供定義的迷宮，多半有可詮釋的出口。如此描述，也無法阻止，依舊有某些迷宮建築師，致力於沒有出口的迷宮。他們並非在創建迷宮，而是在驗證詩，以及拓荒詩意的邊界。那樣的迷宮，大於迷宮，也因大於，合理消解自維多利亞時代以來的小說古典零件。

〈大王具足蟲之夢〉，透過表妹的意外橫死，回憶兩人曾經探索的回憶。這直視他人之死，也是操作小說拼接的演練時光。拼接一段內部敘事，拼接一篇短篇，並拼接出半部歧路上的短篇集。如此搭建迷宮的迴路，在這部短篇集裡，確實發生複寫。

紀錄平凡青春般的青春式愛戀故事〈日光夜景〉；在墮胎之前，瞬間短暫回溯而成的〈聲韻學〉；以及，不是雙胞胎的性與死的啟蒙書寫〈雙子〉，皆是作者不斷校對複寫而進行的複寫淬煉。這其中，〈夢浮橋〉可以作為理想的展示。這是一位消防局替代役役男分裂其精神的世界。在「持續救護」著K1與K2的分裂同時，又虛構紀錄著愛戀。作者將夢置入現實，不少時刻，夢與現實彼此偷渡，無能分辨，拼接夢境與拼接現實，成了迷宮的唯一出口。

前半部歧路裡的短篇，瀰漫著性、愛、死。些許部分也落入漫漫拼接的困境。「拼接而成」的小說血肉，是否是真切的血肉？「拼接後生成」的小說血肉，又該如何詮釋血肉的意義？這是可以不斷深述的自我提問。

這部短篇小說的上半部，展示了關乎記憶偽裝成夢境的嫁接技術。

在嚴格意義範疇去述說，這是聰明的偽裝，將虛構的執行落實於小說鍍膜層。那是一種將散文技巧高度演練的虛構敘事，極為手工，極為真切，面向敘事者表演的黑暗多重膜。

揭開這層膜，之後，另一分岔的歧路，轉向科幻小說的領域。

後半部也如這部短篇集前半部曾有的自我提問：現實又那麼值得讓人活在裡面嗎？隨後接續的四則短篇，也在呼應這個提問。不過，稍稍放緩了拼接。炫目的美文詞藻，仍然繁密編織。作者更願意將古典意義的小說元素，透過科幻的類型，流現出來。〈太陽是最寒冷的地方〉論及死者記憶存取與輸出導入，另外淺觸了科幻小說常面對的身分階級命題。〈幻肢〉則借道了賽博龐克科幻，透過缺席者與缺席的肢體，寓意人工智能與女人機體之間的「人為何物」的未來問題。〈保險套小史〉則是一次時光跳耀，小巧地假設了某個科幻小史背景設定的可能。

〈女神〉則是末日科幻，觸及範疇較廣，也更多進一步想像科幻的討論——列舉幾點細節：

故事主人翁伊雯是否能夠理解葬禮？她為創生者老先生思索的葬禮，是否存有理解亡者為何的意義？身體的腐壞，也是自己甦醒而為人的認知……誕生這類角色的意識設定，伊雯心生的「一種文明提早滅絕的惶然哀傷感」，便能在沉睡之前甦醒之後建構的自我認同，以及我是否只是局部藍色伊雯的自我猜疑。

不論是前半部青春的消亡拼接，或是臨摹科幻輪廓的後半部，作者致力於華美詞藻的細膩與用心，透過文字向外傳輸。另外，小說人物們的舞台劇對話風格，也生出了異樣的設定思考。舉例如〈女神〉的尾句：「又一個伽梨女神」——伽梨，若放置在印度教的神話，是軀體深藍色的地母。她是黑暗的、闇域的兇殘者。

女神的誕生，誕生於虛構，那神話軀殼，最終最終的本諭，依舊直指時間。

在那末世留存的城市裡，仍有無數複寫而成的女神。

在這部短篇小說集裡，性是複寫，愛是複寫，死亡亦是拼接之人與拼接之機體共通的複寫。拼接的目的，應是小說處於分裂形式最終可抵達的「活」。小說的生物性格與細胞分裂不同處，細胞分裂週期短暫，小說的生之週期——若誕生於分裂之後，便有機會大於少許可有可無的意義。

謹以本篇讀後感，向誕生的新作家致意，期待屬於他的下一次分裂與繁殖。

【推薦序】

「巫」的延續

駱以軍

黃家祥的小說有一種「延續性」，並不是故事懸念、身世回憶的延續，而是一種我年輕時感覺到自己渾身毛孔裡有的，但如今隨著我的身體、意志衰弱而愈難召喚出來，類似「巫」的延續性。很像我年輕時讀吉本芭娜娜，甚至井上靖寫不倫戀的那些小說。有一種可能是，在那個年紀的靈魂器皿和所裝盛的液體，兩邊尚不協調，或未得到人世——不論是欲望、愛、經驗，還是對許許多多他者的理解——饜足的填滿。所以會透過「內部開掛」——最寂寞的戀人之間的潔淨性交；像奏鳴曲般的迴旋盤桓；穿過夜間森林，不同暗影中枝枒葉叢四面八方輕觸擊打的敏感；最後其實就是無人知曉其視框如何如含羞草葉片般，次第打開的夢。

這是一種非常珍貴的特質，或曰天賦。我都無法想像，對於這麼年輕即將自己演化成一架這樣危絕、純淨、向更高的難度挑戰，發出靈魂奏鳴曲的琴；或是做出許多讓人屏氣不敢呼吸的冰刃滑翔、空中三轉跳乃至四轉跳，乃至於一種年輕創作者不自覺的恣意跳躍。我究竟是要像個老頭，人世的過來人，不動聲色以「小說」更笨重、沉纍的繼續裝備、鼓勵他；還是就是在這樣的時代中，見到一隻著火的蝴蝶，像那些絕美之詩本來就寫於二十五、六歲的天才詩人，安心讚嘆就好。

我曾看過書上描述一件乾隆官窯釉裡紅瓷瓶「筆意纖細，釉水肥滿，色彩豔麗」。這便是我讀黃家祥的小說裡許多美麗段落時的心情，「性」當然是一部分，極親近之人的死亡（後座力）也是一部分，他在裡與外，個人與群體，敏感的心靈與不可測的命運戲劇性之間不斷變幻著，這和他自己在「幻影中搭橋建棧」、「無中生有」的建築執念如此接近。

《太陽是最寒冷的地方》以一個受創的「年輕者」（這是在日後，或世界上更多的大小說裡所終要取消、變形的敘事特權），去面對那未經協商即已丟給他的「很久以前就老去」的世界。但這些小說的願夢（而非殘酷）帶有一種「快樂王子」的，或前八十回的賈寶玉，那種只能以童話的無限柔羽以及無限的真摯，去成為那整個傷害「大爆炸」劇場，其中共同參與的一片。「我」不是無能的旁觀者（既非暴力的原罪、亦非受侮辱與損壞者），時間、夢境、重建的「原點」虛擬……，這些都因為「我」如此形銷骨損、傷情而無法自拔。所以我們終究會慢慢理解到，其實這並不是「〈快樂王子〉的故事」，而是「說這些故事的『快樂王子』」。

這個「我」孱弱、年輕，但又如此全面啟動所有的「他感」；可是這個「我」又沒有我年輕時，身邊遇見的天才創作者，那種如同《金閣寺》、《人間失格》般，奮力摔爆自己這把電吉他的，那種「對未來無知」的倫理梭哈。

這怎麼辦呢？這樣珍貴的年輕歌者，其實更像比他早一百多年的那些垂死天鵝，或耽溺於倒影的納西瑟斯。但因為他終究是穿行過所有「變形記」都實現過的二十世紀一百年之後才出生的童稚一代，如果不選擇電玩的世界、社群網路、饒舌樂的快速拍點，或是YouTube上那些「十分鐘看懂某某電影」，他會被一些老天使們規勸，語重心長的警告：「不只是時空歌者。而是悉達多之途。」

簡言之，我想對這位年輕的創作者說，你已是最好的弦、簧片，就像是分格蜂鳥每一瞬拍翅畫面的瞳術。要珍惜你的天賦，好好的去感覺、經歷現在這個當下，並持續地思辨未來，三十幾歲的、四十幾歲的、五十幾歲乃至更後來更老的生命，像眼下你的小說長出來的那些不可思議的觸鬚般，可以去體貼在遭遇輕重不同的傷害打擊後，人們之所以各自用那樣的姿態站著、蹲下、眼神空洞，或輕聲交談，去體貼人們之所以會如此構形自己（並且形塑他人）的能力。

祝福這本小說。

夢孩

餐廳的廁所不甚合襯地顯得髒汙，銘黃色的尿液滴繞在尿斗的四周直往另一旁的便器流（那幅情景彷彿哪個醉鬼暈晃著掏出老二便往地上澆水似的），磁磚縫上沾染深色的水痕。小柳旋開金屬水龍頭洗臉，疲憊地看著水流。似乎有一份純淨就這樣離去，隨著篩濾穢物的孔洞流放掉了。

像是記憶的暗浪，激湧浮盪上來一支鳥類的翎羽，他看見她穿著水藍色的學生制服，房間散發著午後極為慵懶的光氛。（他們怎麼可能，於這樣的時光身處學校之外呢？）非常寂靜，整個空間只剩下她那映得微亮的身軀，光線穿過耳朵撩起一些些細微，彷彿真絲的寒毛。有著光線寄存的耳廓浮幻美麗，在透亮中呈現出淡粉乃至殷紅的層次，有如高溫焙燒的瓷器，給他一種纖薄珍貴的印象……

當走出廁所，小柳回過神來的時候，燈光已然暗下。分布大廳四周的屏幕重複投放的幻燈片依序斂去。然而，光線短暫的餘影仍在瞳膜上留下了男女的形廓，以及一些諸如「永浴愛河」、「愛情長跑十年」的字樣。

中央特意空下來的走道此時浮現淡粉色的螢光，隨著令人非常不適、心悸耳顫的音樂轟然齊奏，長條的紅浮染上來，甚至還彩綴一些藍白相間的小小星子。主持人先介紹了男女儐相，並一一講述他們都是男女大學時代的共同好友，今天有幸能見證佳偶天成……然後隆重而帶戲劇化地，朗聲宣布今晚的男女主角進場。他聽見此起彼落的歡呼聲，錯響在遠近眾人的掙擠，也許是為了競睹妍美的新娘，也許是那些他們的舊識為了炒熱場子。

空氣裡不斷嗚吹著尖拔的滑稽哨音。大家自知或不自知地站起，他亦從眾地立起身來鼓掌。

主持人正努力安排男女雙方與其家長在那裝飾繁複，繡有布幔、交黏著各色氣球和分置花簇的禮台站定擺 Pose，供攝影師拍照。

「小柳，」都是男方高中同學的他與 K 蛋被安插在左後方的位置，K 蛋推搡著他：「那不是靜靜嗎？」

燈光亮起之後，與他同側但稍稍往前的席間，靜靜專注地凝望台前，晚禮服上的裸肩搭著一雙男人的手，看得出來這應是連袂出席的情侶了。

不用 K 蛋狎猥地提醒他，小柳一踏入婚宴現場時，便已認出這近十五年沒見的面容了。

他不置可否，拉著 K 蛋就座。

環坐整桌的，都是高中與新郎周仕豪同班的好友。他看見小六正從侍者那裡要來了幾支那種暗褐色玻璃酒矸的台啤與尋常婚宴慣有的紅酒，為大家斟滿香吉士玻璃杯。

「不用太多，」小柳斜手示意：「今晚還有工作要忙……」

「不行啊，豪哥的喜事這樣不夠意思，」K蛋在旁邊喊燒。

「可以的、可以的。」小六笑著說，還是順勢斟滿了酒杯。

「小柳現在哪裡高就啊，沒消沒息的，」晴子嗔怪道：「聚會都推託沒來……」

「工作忙，在遊戲公司的QA部門，」他陪著笑臉說：「確保遊戲上市的品質——」

「噢、我知道，那不就整天打電動嗎？」K蛋插話：「福利好嗎？可以介紹我去吧？」

他與小六頗感默契地瞬即交換了一個眼神。小六在科技業工作，雖然領域不同，但他們都知道品保部門在這行當裡的辛酸血汗。

「少喝點酒，先把你的肝養好我再介紹你去。」眾人一陣轟笑。他不由得感覺一絲慘淡。婚宴如常進行，他吃得不多，但為了應付舊識、新人的沿桌敬酒，也喝了不少，約莫婚宴中段的時候，便有些暈眩。

似乎愈晚，愈令人沉陷在回憶與酒精的酩酊狀態。他們在散場的酒席間划拳罰酒、玩一種試圖拉下桌巾而令其上物事不掉落的遊戲、同學們要來更多的冰塊倒進新郎的禮服內，然後要新人倆同抿著一顆顆冰塊傳遞……

小柳當然注意到了那道令人難以躲閃的目光，卻佯扮不知的，任其在身上流轉。他想，這群人浸泡在醇醚的酒酣之中，兀自歡爽，應不會注意到他的默默離開。事實上，他也漸覺有點不支，遂摸向大廳自動門，到外頭透口氣。

清冷的空氣吸灌，像是沁涼的水迴流在肺部。

時間未晚，正忖思是要叫一部計程車或步行至站牌處搭公車，一個聲音說：「很久沒見了。」

靜靜穿著一身淡紫色的露肩小洋裝，式樣簡單優雅。臉上微微塗染著顏彩，有些地方隱約閃熠著微末般的亮片。小柳覺得自己打量得太久，趕緊說：「嗨，妳今晚……很漂亮。我沒認出妳來……」話畢的剎那，他覺得他的謊撒得也太糟了，他說：「我不知道妳跟豪哥這麼熟？」

「不是，我是嫚溱的朋友。」

當然了，蠢蛋。當然是女方了。彷彿指岔分延的人生以奇異的方式截直出一條小徑，使人相遇。

靜噤的沉默。

「還是這樣，沒人接話就打死不肯開口了，」她輕輕地笑著：「句點王。」

小柳有些遺憾地笑了笑，問道：「妳……還好嗎？」

「嗯，」靜靜應了一聲說：「瑞昇跟我正考慮買房子，對了，」她掏出一張名片：「我跟嫚溱在這裡認識的。」

是一間化妝品公司的專案經理。

「啊、抱歉，我身上沒有名片。」他接過去的時候，看見了靜靜塗著蔻丹的甲片上方的指尖，那一道淡淡緊縮的縫線。彷彿有一種貓科般的記憶輕輕搔撓，接著便一溜煙的消失在大腦皺褶的轉角處。

「你呢，最近好嗎？聽K蛋說，在遊戲公司工作？」

「嗯，」他沉吟了一下，許是酒精或者與之近似的情感使他的話音有著玻璃與碎石子相磨蝕的乾啞，不期而說了太多：「有時候感覺很恍惚，好像跟整個世界都錯身了。」小柳自己也訝異嘴裡的話，像是從別的什麼平行世界生搬嫁接過來似的。

靜靜偏頭，然後不無調侃地笑道：「現在倒換你說奇怪的話了。」

小柳遠遠看見一輛計程車駛近，便說：「我叫的車來了。」

「噢。」她看起來有些吃驚，就像以前一樣，顰蹙的眉睫，搧動一如蝶羽的開闔……

「我……」小柳把話嚥下，像嚥下一口苦烈的濁酒，攔下計程車：「先走了。」

小柳來不及聽到她的道別。

●

那時候的初夜，像是穿過輕薄的漫霧，有水澤垂落在他們兩人的眼睫上，讓雙眼都如同鏡片起霧了一般，產生濛白的視線。

他看見靜靜美好的腹脅那樣瘦稜的形廓，拱立浮凸著，青絲般的血管幾乎像是她白皙頎長的身軀，最為初始的草稿。他用手指描畫她，靜靜任他冰涼的手指沿著她初孕的乳房、兩爿琴弓似的背脊，一路探向她的腰腹，她的腿側與恥骨，探向他們對彼此開啟的缺口。

她的呼息與細微之輕喘。她的閉目。她緊箍著他臂膀與身體的力道。

進入靜靜的時候，他那麼渴望這一刻的無限延長，而不是讓陰莖展開原始的抽動……他揉搓靜靜那安謐棲停，彷如雛鳥的胸乳，在快感中忘失一切。當他射精時，有短暫的一兩秒，他們就像是墨拓的暗影，像是龐貝火焚之後凝凍的石雕愛侶，那樣的暫止不動。

小柳將頭抵在靜靜的肚子上。那幅畫面有點滑稽地，令他如此想像：神祇遭到凡人刑弒之後，頭顱撲通一聲從天界掉入一座雲層緩緩破開，映落天光的潟湖。

類似這樣的風景。

●

小柳今晚的確有工作要做。

走入夢境的密室，一般是這樣的：端始，你無能知曉你身在何處，而當你醒悟過來，便總在路上。他看見窗外瀰散水霧的雨景，才感覺到自己正坐在一輛遊覽車內。

它停在路肩，卻一副業已抵達的模樣，任熾燙的引擎在漸歇的抖顫擊聲中慢慢熄火，不知道是因為司機負氣不想開，還是這輛車因為莫名的緣故而拋錨了呢？然而，路肩上的客運並未下來任何乘客，一台停在漠野的車輛靜滯在一種詭異的氛圍中。

上頭的人們陰鬱沉寂（說是人們，但其實他們不過都是年齡各異的小男孩小女孩，只是因為有違一般孩子予人吵鬧活潑的印象，使他覺得他們是一整塊抽象的「人們」）。孩子們全都等待著他吃完早餐，司機方能開門放行。沉默的凝視壓力讓他為此感到抱歉。狼吞虎嚥地咬齧吞下，亮了亮手中的透明塑膠三明治袋，司機首肯後，車上的人們才魚貫落地。

等至下車，他從客運腹側上開的行李儲間尋找自己的背包，一個小女孩出現一起幫忙卸下行李。小女孩穿著豐厚棉襖，捆紮嚴實，她且將兜帽拉上，僅露出一圈小臉，兩股醒目的酡紅堆在顴頰上。

像是為了彌補先前這些乘客被夾困在這半途路肩又悶禁在一種等待懸長的時光，他十分賣力地將那些重量不一款式各色的行李卸至一旁，為這些孩子服務。由於滿載，那些行李要下完，花了點時間。但是他慢慢、慢慢地浮起了一層原先並不覺得訝異的疑惑，有一種奇怪而陌生的熟悉。小女孩賣力地搬動行李，他一邊看著，手一邊運傳行李到它們的主人手上。

瑩瑩晶亮的雪片觸及到搬行李箱的手上時，融碎成冰涼的水珠。

下雪了。雪片違常地落下。

那些魚貫下車的孩童，像是冰河時期的大遷徙，他也跟上了這群幼獸徙離那輛拋錨壞損的遊覽車。鬆軟的初雪或是蕪蔓崎嶇的路面讓大家行進的速度僵滯又遲緩，在那為整片茫茫銀白飄蓋的長路上，沿途插立著電線桿及其波谷一般依序相連的電線網絡。

降雪持續不停地下在眾人的身上，傳遞著無聲詩意的空寂沉默。

他想像音符叮呤噹啷輕盈地顫動在電線桿的金屬線路之中，人群長河流布在前後沒有端點的無垠雪色。

這就是一生了。他想。

所有孩子以兩三個為一隊伍的節點。隊伍晃擺著一種相契的律動，緩緩步行。他其實並不知道這個隊伍將前往何方，又或者他們如何被匯集至此，為何是一群六至十二歲的孩童？誰在指使著，或是擁有帶行的權柄？

他們只能馴從地像是被趕放的綿羊群，披圍著禦寒的絨衣大氅，在無限延展的時光薄膜中，溶進這一片白色沒有終點的雪景。呵吐凝霧，連指手套搓撚著不可能的熱氣，低訴一些孩童之間，玩笑般的耳語……

那麼的親密諧和，無憂無慮，好像，這整條末日寒途，也能在這樣無止盡的閒聊笑逐之間，成為一種歡快版本的薛西佛斯之路。

●

悄悄地，他們在輕微地戰慄中舒緩下來，他的臉貼在她光白的手臂旁，靜靜彷彿也在描畫似的，指尖循著小柳額頭的髮根，撫過眼骨與鼻梁，顴骨與頷骨，她突然問道：

「你聽過關於白孔雀的事嗎？」

「嗯？」在某種矇朧欲睏的擱淺邊緣中，他含糊應道。

「我看了一部電影呦，它裡面說的。它說：白孔雀這種鳥類呢，可以在一眨眼的時間裡感受到全部的時間，在這樣的時間裡，牠可以同時歌唱出愛還有憤怒，也包括恐懼和悲傷。這些感情呀，在一剎那之間，都會變成一種非常美妙的聲音。」

「唔。」

「而當白孔雀遇見了牠的一生摯愛的時候，牠會感到快樂，也會非常悲傷。會快樂是因為另一半的幸福才剛開始，悲傷是因為於牠而言，這樣的幸福一眨眼之間已然結束了……我在說認真的事吶，你有沒有在聽？」靜靜又好氣又好笑地將小柳的頭推離她的肩膀。

「當然有！」他猛點頭，「可以同時唱歌又可以感受生死的鳥嘛。」

「勉強算你及格，」靜靜接著用那廿願屈身於問句之下的姿態，憂畏認真的詢探：「答應我，永遠不可以傷害我。」

像是所有初初鑄煉的誓諾，都需要一個模具將之凝固以為見證，他說：「我不會的。」

●

夜裡簾遮的路燈，穿透布幔在房間裡點亮著微光，事物因此得以在顯影的世界中呼吸或嘆息。而小柳縮身的床側，則往後拉出身軀隆起如丘的陰影。

沒有餘地的晚間測試總讓他隔日惺忪疲憊，但為了賺取加班給薪，他接下這份「作夢」的工作，也多少使日間的測試排程不會那麼緊湊。他戴上柔軟的「眼罩」，開啟「黑盒子」，在夢裡延續那個清晰的長伍。

他突然覺得，這些不知趕往何方，幽魂般的行人是在人世裡未及長大便隨之夭折的孩子。他們拖著蹣跚的步伐，或帶著行李，或手拿提包、粉色塑膠袋，只往一個方向前行。

他愈走，就愈是隱隱預感這些人，全是離世未久的亡魂，走在這與陽世疊合的陰影之槽。而那些拖走提拿的什物，裡頭裝放的一定是亡魂滿滿不捨斷離的記憶、憾恨與愛慾，最後傾搖如水，路面一窪一窪流體銀亮的所謂回憶。

（他會嘆服：原來，奈何橋口的孟婆湯並非要苦飲之物，而是這些各有冤怨的亡靈帶去的記憶之水，要一碗一碗的倒入橋下豐騰洶湧的冥河……）

他們抵達的地方，卻是一座巨大的堡壘。但那整座雄偉的建築卻好像是在戰爭中遭到轟擊後只剩下一些斷了的牆垣和碎泥磚，成為一座遭到神怒，宛如一手揑壞的陶坯似的荒墟。

他進到那還粗具形貌的地方時，一個個三五成聚的灰敗房間中有許許多多悶著聲音，非常詭譎的人們。

這裡是前蘇聯的古拉格集中營？或是歐陸的某個戰俘營？

不管是什麼，他都覺得這是一處集體的，被一個更大的存在遠端遙控的傀偶之家。他們在此生活，像是住在一個微縮的樣品屋小鎮，以一個堡壘的範疇形成市街、住宅、教堂與市政中心的分布。他們只是被暫放在倉庫捆紮棄置的貨堆，無人性的規訓。

走入巷弄，傳來販賣的喧嘩人聲、犬吠、貓叫春、孩子賭氣的大哭，以及母親喝叱責罵的聲音，但就是看不見這兒靜肅哀戚的行人臉孔上可曾有一張嘴唇輕啟吐露一絲一毫的字句。一切像是假贗卻含有巨大威懾力道的法則規約要求他們扮演如常的生活。

一切皆宛如布景，而生命本身竟就是謊言。

這期間，一直都有巡官似的陰鷙傢伙帶著器械在街道上利眼巡行，馬蹄鐵喀啦喀啦地敲在石板拼磚上，威脅似地揮舞著棍棒。

●

下班後，經過一處人家的時候，小柳看見在門廊上抽菸的男人。燎燃的菸頭在黑暗中倏地亮起。

那個男人回以貓眼般的凝視。

心裡有一絲因為婚宴而被觸動的什麼，使他找出那時候靜靜借給他而沒有歸還的書冊。那是史前，在剛開始的刻度，他們初識的黃金般的地質年代。

翻開書的扉頁，上面黏貼著的造型便條紙，用秀氣整齊的字體寫著：「答應借你的書，別忘了看完跟我討論！想跟你說的是，認識你這麼久，一直知道你是個非常溫柔的人，但你可以更勇敢一些的☺」。

他會有一種錯覺，好像他們幾個圍繞在這個女孩子身邊的朋友，恍然像是桃樂絲帶著膽小的獅子、無心的鐵人、追求頭腦的稻草人一起邁向前方的綠野仙蹤大冒險……的關係。

但會不會是這個 RPG 大冒險從未啟程？他長久以來再也無法與人建立一段延展的關係。那種狀態很像他看過的一部電影，好像是講一個人橫亙數百年，擁有不死的雌雄雙身的故事。那時候，還是男身的主角在與其所深愛的女人墜入愛河時，即被可怕的憂鬱哀傷所侵蝕，因為在愛戀的初始，他就已經全景地預知了往後的那些歡愉與背叛、痛楚與淡漠，女人這樣斥責他：「我覺得你的憂鬱很荒誕，好像你得提前忍受痛楚。」

他覺得自己的確很荒謬，莫名地想起靜靜說著雉鳥的那個畫面。

●

堡壘深處，深鎖著三個房間。在爾後，他於提交的報告寫上了「第一個房間」。那是一幢回憶之屋。

堆滿、黏貼、丟散整間屋內，滿滿的，滿滿的照片。

相片裡的人物無言轉動著瞳珠。灰色的天際收翅拍擊再收翅的倒飛的鳥。琴鍵似的往來覆洗，你其實竟分不清那究竟是漲是退的海浪。孩子白緻可愛的臉龐上，逐漸收隱的笑。

他開始注意到，這些看似雜紊散亂的照片，乃是圍繞著一個傷痛的核心展開的。

他看見一張難以忘懷的照片：照片裡靜美而悲傷的母親，低垂下落的淚，有如細細的銀絲，在她的臉上，回溯退行，慢慢地朝那雙含藏那麼多痛楚的眼褶，收凝聚斂成一汪掛在眼眶內外水銀似的淚珠。

在照片之外，屋子內裡亦重複著一些奇異的倒行景致。

盈溢整個房屋，不尋常的積水往上滴瀝，就像是倒置之雨的奇景，讓他瞠目結舌。暈散泛遠的漣漪一圈一圈的向內疊聚，石子猛地竄躍而出。曾經凋萎的花，一瓣一瓣的回春豐潤，拼長回去。被痛擲在牆面的玻璃杯，彈散的碎片循著原來四散的路跡，神奇地重新塑形。

在這裡，這個逆反之屋，彷彿作為一個逝去的什麼的紀念神殿，命運或生命可能的荒謬也許能修直扳正，錯誤得以縫補……或者說，是無痕地密合、膠黏，不留一絲綻露的縫線，但是仔細近看，沿著補綴的瓷器表面，終究有那難以掩飾的微微對不上的網狀細紋。

這是一座逆矢倒飛、沙粒被吸入上方窄凹之沙漏瓶口，旋轉的房間。

●

不夢的時候，小柳的空餘時間時常瀏覽那些色情網站上女性陰部的特寫。那些女人拿著小黃瓜、香蕉或造型浮誇的假陽具塞進她們的陰道，淫聲浪叫，有時候作態地說要，有時候欲拒還迎地喊不。

他凝視那些女體的拼圖。

A片裡的鏡頭運用了許多攝影與剪接所獨有，特異的超平面、升降與剪切的縫合技巧，將陰莖的脹立與縮萎、女陰多褶覆蓋的蒂頭，還有從腹脅往上一直看到向外攤放的乳房，以及上面受到男優的舔吮而翹起堅硬的乳蕾，全置換成同一個平面，一個立體畫派的疊合覆蓋。

他近乎痛苦地勃起著，像有一隻受苦而清醒的手硬生生地緊握。陰莖脹大，被色欲之火煮沸的血液流灌，自根部從內裡徑直往那個敏感的蒂頭燃燒，他幾乎以為他會在這樣的高燒中昏厥過去。

小柳盡力地揉搓，最後伴隨著濃重的喘息射精。

到了浴室清潔時，他看見鏡子中央，一張因為作夢而深染黑眼圈與滿布血絲的雙眼。

●

精液滴淌在浴室冰白的磁磚上，他摀著陰莖像掩蔽一道絕望而發燙的傷口。

第二個房間。

沿著狹暗的走廊（那也許是堡壘深處還未被摧毀的長廊）兩側奇怪的並沒有房間，只在盡頭開了一道虛掩的門。

他走進去。

光度非常不足，黑暗中只有一點點隱沒的線條可供辨認。

看不真切的一具身體，摩娑在淨白的被單上慵懶地攤展。那襲散開的黑髮，他記得。那稜起與陷落累聚著暗影的女性的肉身，像是一座由風變幻砌築的沙漠。當他注意到的時候，他已經將那雙原本閉合的腿高舉擎起宛如一對天使的羽翼那樣張展開來。陰莖戳入了那具身體。他雙手揉抱著裸背，拂過兩片劇烈拱立的琵琶骨，他的下腹燃燒著永不止息的情欲的烈火，燒乾一切似的，來回抽動。

有一道目光遠遠從上睨視。一雙令人不安的視線。

小女孩睜著大眼浮在天花板處，安靜地觀看他們做愛。

小柳驚醒中摘下了眼罩，瞳孔一下子接受房間內事物的存在，視景像是流體那樣渦轉旋動。

他愈來愈莫名地懷疑起這整個遊戲測試。作為一個遊戲，它提供了遊玩的框架，卻不提供內容，那麼，目標呢？目標難道不算在整個框架裡嗎？難道機器不是應該告訴他要如何取得關鍵的過關道具、面對每段猶如章節安排末尾的高潮時霍然出現的大Boss，告訴他不管是殺光一切還是救贖世界這些關於獲勝的方法嗎？

在迷宮的中心，總有一隻擎舉尖銳的獸爪、齜牙咧嘴又唾液橫流的怪獸，不是嗎？

●

推開逆光的房門，他在一處山坳旁的湖邊，目擊了小女孩的自死。

他記得那酡紅的雙頰如何在雪景之中受凍的樣子，但當其褪去，他只覺得那道身影像是失去生命的蒼白幽靈而已。

整片靜默而沉抑，平整如鏡的湖面中央，站立那個小小的單薄的身影。她穿著禦寒的羽絨外套、不搭稱地穿上了一條露出兩隻瘦弱顫抖的蒼白鹿腿，面對眼前的大湖，不斷複沓著那投湖自溺的可怕死亡。死後的她散漫如薄霧的身軀重新聚合，展開一次又一次無畏（或者是無奈）地自死。

彷彿被纏祟，他在這一端，望見她走來（又或許是飄來）。女孩牢牢抓他的上臂，被看不見的手圈裹出淡粉紅的印痕。

他知道她跟定他了。沒有被鬼魂纏附的驚恐，但他確頗為煩惱。

「一定要這樣嗎？」

他問。小女孩點頭，那雙眼睛像在說著，不要把我丟在這荒僻山嶺之中，像在說著，把我丟掉，我會死的。

那雙眼睛在說，父親，難道你沒看見我要溺死了嗎？

女孩緊抓著他，像抓著海中的浮木。

行走隨著山嶺下坡路兩側的景觀後移，女孩漸漸長成了少女。小動物像是初煉成身的妖，浮凸的鎖骨、更加彈性富於脂肪的肌膚、拉長的堅毅的臉孔、竹竿似的鹿腳抽拔變成微微有著曲線的頎長的腿。

她將一頭在陽光下碎閃的長髮偎向他的頰側與頸邊，搔磨著他。很像睡在寧謐夏日的夜河，費洛蒙或生物性的腦內啡、多巴胺之類的氣體，在身體內外催眠似的氤氳上騰，這樣一朵款擺而怒放、絢麗萌芽的少女花。

不知為何，那隻倔強柔軟的手，竟令他有種溫柔欣慰的感受，像是小動物絨綿的毛髮無依地貼服，渴求陪伴與照顧的訊號。他忽然察覺身為父親的感受了，一種被需要的幸福與唯恐失去的悲傷。

彷彿婚宴熱鬧歡迎新人的燈光依舊迴盪在他暈然錯幻的雙眼，當小柳回過神來的時候，夢景已然暗下。

身體與視野暈晃撩亂，不知何方。當他漸漸開始用窗外的微光描畫起房內的影廓時，他才回復了知覺與身處此世的感官。他撥弄著床頭櫃上的桃色髮夾。想起由他所贈的髮夾那銳利的邊緣割破靜靜手指時，洞開的傷口。

那時候，知道懷孕的時候，他們就像兩個嚇壞了的孩子。

他們就是兩個嚇壞了的孩子。

小柳當然不知道在宴席盡散的彼日，在他過早的離開中，靜靜撫觸著起伏尚不明顯的肚腹。

他忽然有些畏寒，強烈的欲望著閱讀一首詩，或是一本書，把摺藏的感官打開，他亦如此渴望一整段無夢的完整的睡眠。那讓他想起甜美的死亡。

所有的夢都像是紙牌屋潰落散平在桌面那樣，在愈來愈清醒之間，扁平坍塌，淡釋遠去。

晨曦幽微地透著光的窗外，這座城市正要醒來。在那些紀錄下來終將瞻交的夢後，他的心竟如此鼓脹，氣球般浮空，錫澀的雙眼逐漸驅退使之模糊的眼屎與淚液。

也許，那像是生命中，終將散撤的霧氣吧。

通往夏日的歧路小徑

瞬間是時光之浪，
每一具身體都是岸。

時光是風，
自死亡的方向吹來。

——阿多尼斯

7.

你不能永遠等待。我對自己說。

她輕快地走來，馬尾垂懸在頸後隨著躍然卻又篤定的步伐晃動著穿過走廊，微微鼓突的胸脯起伏在淡藍制服下。有一瞬間，我甚至以為，她的整個身軀乃是如同鳥類一般中空以便飛翔的特化骨骼，如此輕盈，不帶一絲遲贅。

我試著截住她。

「妳——」我聽見自己的聲音在字尾開岔險些破音，清了清喉嚨（這意義短暫的空白多麼令人尷尬），顫怯地說：「妳好，我們前幾天聊過，畢旅的事？記得嗎？這是答應要借妳的書。」

我把那本詩集遞給她，小蘋在詫異間轉為熟稔，接過去翻閱。

這個夏天，最耀眼與灼熱之物，並非那彷彿始終釘懸在城市上空六十個晝夜的夏陽。早在高中生臨考前那浮動著躁鬱與按捺不住對解放的遐思中，我便偶然感受到一股漸燃的微火轉增蔓延。

那時，圖書館的冷氣雖開得極強，卻依稀能看見有如柏油路面蒸曝的扭曲景致：學生散焦流盪的種種心緒和綺思像是可以描畫似的，兜繞在自習室間交換著彼此雷同的欲望情節。偌大的空間，縮頭攢動著一顆顆被壓力侷迫的腦袋。

時不時，在使人昏睏的試題演練中抬起頭來，重整思緒。

我看見那女孩從座位起身，也許是去上廁所，或是到開飲機裝盛開水。我不記得她手中是否拿著塑膠水壺還是保溫瓶。

她擦過我的身邊。

那個時候，觸覺取代了視野的色階。記憶的定著有如壓濺的頁岩，依照不同覺知而擁有殊異分流的紋理……在那一刻，過量的白幾乎與黑暗無異，觸覺從原本燠熱的壓力中釋放，靜電一般猛然擴散，一時之間像是將泡在熱浴中的身體驟然往冷水下浸。帶電的顫索游離在我的周身，霎時，體內又緩緩開始飽脹悶鬱著那彷彿溫煮的熱能……

三天前的週五晚間，我用臉書以朋友的名義，攀搭漫聊起前些日子三天兩夜的畢業旅行。在約莫持續了一小時左右的亢揚情緒逢臨結束時，允諾了將剛看完的書借給她。

我在那愚騃昇華的情緒中疑詢自己，所謂的戀愛，究竟是靈魂的一場大火嗎？

那是這個夏天最熾熱的感受。

6.

一種淡漫如蝴蝶鱗翅的愁悒，粉狀般緩緩覆蓋在他的臉上。

他並不俊俏，然而黝黑的膚色讓他的臉膛帶有一種河床下切所造成的，岩層質地的峻巘稜突，使他的面孔有極為性格的立體感。此外加上他身上那份總帶有憂鬱氣質的早熟，那有如超逾我們這個世代的敏銳智性，可以輕易地，無須多費唇舌地表達自己。

楊亦是我臨畢業前認識的人之一，資優班，意外地也是由相借書籍認識。彷彿，在過去的三年中，我們這一群被驅趕進欄柵內圈養豢育的，國家流水線之待宰豬隻，無分彼我挨擠於書堆，其實並沒有意識到置身其中處境相同的人們亦是同袍的戰友或是相互競搏的對手。充其量，朋友的關係也只像在人生暫歇的棚頂或涼亭裡，忽忽寒暄招呼即過的偶遇之人而已。

我們三人結識之後，總愛往她家窩擠。

小蘋的父母都是公務員，放暑假後的晨日時光，她家空闊得像是無人進駐便覺浪費似的，任我們三人窮極無聊地把音樂放得震天響，玩起撲克牌或大富翁，聲量過大的嘩笑起來……

我們亦會，到視聽讀賣或百事達輪流挑選院線下片後，第一批發行的電影DVD到她家看。一方小和室般的所在。液晶電視，兩套高聳的喇叭，幾塊綿軟、紅色或藍色的坐墊與靠枕。我們紛紛選定最為舒愜的姿勢，也許趴臥，也許斜躺，有時也坐靠著彼此。

有幾次，由楊挑擇的，諸如《香水》、《悄悄告訴她》這幾部片，總有令我不解，或是疏離或是哀愁的性的描繪（那全然迥異於我在夜闇父母睡去時反覆播放，男女淫穢的交媾片段）。我總無法在那藝術與情色的切換間，安架好端正的心思，不去揣想裸裎的美麗女體背後所暗示的種種細節……

我必須竭力隱抑寬鬆短褲下，那令我愧恥的生理衝動。他們倆的眼神凝定專注，視畫上游幻著光影的水澤。

整個靜滯高懸著什麼的房間，讓我不敢稍有移動，怕在哪一瞬便即揭破了我們三個人，那之中流動、打旋、網織與拉扯的某種表面張力或力場。然而，小蘋低鬆的領口、迷宮般的耳廓和髮漩、撐靠在膝蓋上，袖開的淨白腋窩，始終讓我這個口乾舌燥的男孩，吞嚥著莫名柔幻的想像。

5.

家庭風暴卻肆虐在本已使人悶躁的酷暑。

父母之間延擱數年，在彼此冷戰時內心業已設下的地雷特區，紛紛在父親終於動手之後全數爆開。那可觀的所有陳年怨毒、憤切乃至渲擴到彼此家族的不和摩擦，讓我們這原本安謐生活的三口小家庭，籠罩在一片令我避之不及的風暴中。

父親在掌摑與斥罵母親之後，就將自己鎖進了他那小小的書房中盛怒著。而母親則在他倆的寢臥裡，忍抑著柔細得令我感到劇烈痛楚的，低微的啜咽聲。

我在寢臥對門自己的房間，頭抵著門板。手中的書冊倒扣散折在一旁的地上，像是一具無感而年輕的屍體。

窗外是靜夜與路燈的世界。暈淡的光源試探似的，讓我看見未簾上的窗景。街上杳無人跡，連一條幽影般跳過的貓或棲臥的狗都沒有。弦月像一把冰白的碎刃，被丟在暗昧的雲與夜幕中，兀自融化。

母親刻意低隱的哭泣，喚起了整個高三以來，對未來無依的恐懼：分居、離異、放榜、與朋友斷絕聯繫、失去所愛、被迫推往一個我並無能堅持就讀的系所……剎那間，無限延展的命運歧路，招搖張展在我那雙模糊淤滿淚水的眼裡，無數的可能，就好像，我的眼淚滴落在房間的拼木地板上，會意外地目擊有如水波一般，奇異而等距暈開的紋幅。

那便是時光的皺紋了。我想著。

那是時光暈開一圈又一圈夢幻閃亮、層層疊覆的波狀漣漪，我們像踩踏著階梯，步履慎微，小心翼翼，當然我們總是在預設的路坡上意外地點踏了另一圈暈散的核心，然後是另一點、另一點，相互沖覆，扭曲重合，宛如螺旋的指紋。無數的偶然交疊形成某人的一生的廓型。有時竟彷彿宿命。（但是，那湖面底下，會否暗湧掙扎著我們靈魂的徒勞嘗試呢？）

有一刻，我似乎望見那由窗鏡反折回來的影像，諱莫如深地廁身簾幔後，唯只輕輕淺笑的錯覺。

我聽著晚暗中，夜鷹緊縮之啼鳴，眼淚止不住的湧流而出。

4.

在光塵翻飛的早晨中醒來。穿透窗戶褶葉的光束，撲翅跳閃的鳥的陰影，讓闔睡的眼瞼在光影遮閃間，彷彿只是動物的瞬膜，一片薄紅熱亮。

昨夜的淚，凝成眼瞼上塊狀的眼屎不好睜眼。我揉按掉那些扎刺的塊粒，在呵欠中收整意識。

週末。我與那些初識的朋友反倒沒辦法在這樣晴好的假日中相約出門。他們也許是和父母在難得的兩天到縣市外小旅遊，或是回北部看看老人家們。

父親約莫是和山友爬山去，而母親應是買菜或辦理什麼事去了吧。

整個早晨，安靜得就像什麼事也沒發生。

是那麼透明的一個早晨。

因為睡前定時，此刻冷氣停擺，以致房間處於極悶熱的狀態。我抹去額上的汗濕頭髮，到隔壁臥房的浴室沖澡。這大概是我有生以來遇過最熱的夏天了。遠處的轟囂的蟬噪彷彿為此背書，我在沖澡時滌浴的水聲中仍可依稀聽聞。

浴後的清爽讓我暫時處在一種靜謐的安詳中，不擬做任何事。呆呆地在父母的臥房中貼地躺下，地板涼涼的，我竟覺得日昨的風暴，遠迢如隔世。

突然非常珍惜這樣獨自可享的悠暇。

我擺弄起父母寢間老舊映像管電視上的飾物（我幼時黏上的貼紙與色彩的塗痕）、全家或 7-11 兌換的成套公仔（好神公仔、台灣原住民公仔）、現已停產的健達出奇蛋的組合玩具、一把仿古小摺扇（大概是去哪個度假村買回來的東西吧）、一些神奇寶貝、數碼寶貝玩偶的夜市劣質品，然後是電視旁書櫃上的廢棄電池、幾顆藥錠、橡皮筋、零錢（甚至還有五角的）、笑話小書、發票、收據、蠟燭與杯盞。最後是一張張傾立的塑膠框、木框照片。你會突然發現，在過去那 3C 產品尚未時興的年代，人們確實會將照片洗印而不是以底片（如現在以數位）的形式收藏，時光於是以固態的瞬間之形式封存。

我想幼時之我確實是極幸福的，看著那些照片，心中湧起無限的懷念。動物園、度假村、遊樂園，或是尋常鄰近的小公園正欲接奪飛盤的小小的手、鋪磚行道上的幼兒車，沒有一張（就算是哭喪被父母好玩的攝下的）臉孔，是與現在那張扁薄乾涸的臉洞有任何相似之處。我想著在這張臉與另張臉之間，臉與臉拉長變形的孔竅與紋路中，何曾有過可能對接的線索？這雙純稚的眼神怎麼樣即載錄了現下眼瞳中的景物？那小小覆有稀疏的髮的腦袋，如何從腦殼凹下對裂初生浮晃的狀態，逐漸聚連併合，開始在柔軟的腦上蔓爬著各式各樣的褶皺？

我感到胸中被抽乏了空氣似的，凝塞著令我不解的窒悶。

拉起櫃上的簾幔，意外地，裡面放滿的並非一本本育兒經、健康養生食譜、腦筋急轉彎或父親執教的教科用書、三民主義課本、名人自傳或勵志財經書籍。

是滿滿一櫃的相冊。

我於是翻起那些，一冊一冊框引了不同時空的，關於我的家庭的瞬間。

你可以用任何方式為之分類：從出生、幼兒、孩童至少年；自幼稚園、小學、中學到高中；父母的婚前、婚禮以及婚後的生活；關於成人的事業、成家、育兒及其教養；小孩的笑靨、哭泣抑或僵硬的面容。

青銅、鐵器、黃金與琉璃時代。養有狗跟鸚鵡的、只剩下一缸魚群的。

有愛的、無愛的。

無母的。

無父的。

後來，我翻到了一張爸媽初認識時的照片。那是遠在一片消逝國度的茵綠草地，媽媽淡描的眉與兩眼間堅毅的細紋與如今相像，爸爸摟著媽媽，對著手持相機的陌生人微笑。那張照片的構圖有些奇怪，側空了一角，像是這位臨時找來拍照的路人天生手抖，對位不精準。

彷彿為著將臨而未臨的孩子預留空位似的。

3.

那天也是在小蘋的家中。

我們才剛興沖沖將租來的電影放入光碟機裡，這個觀影的計畫就破滅了。電視不知道怎麼了，放入的碟片在螢幕上雪花碎灑，閃爍著噪白的無數光點，發出刺耳像是同時在燜烘上百個爆米花的聲音。滋滋滋滋。

「啊，對不起，電視好像壞了。」她的臉上帶著幾許失望。

「說不定是碟片的問題。」楊說。

我敲敲電視，檢查了一下影音光碟機，切換開關，看著上頭微小的藍燈暗了又亮。似乎不是光碟機的問題。

所以是電視或碟片的關係了。

滋滋滋滋。靜電噪音。

如果是電視，一時也無法叫人來修，若是影片，我們又懶於騎著腳踏車回到遠在市區另一邊的租借店家更換。

我跟他仍是徒勞地摸著那幾架機器，抓耳撓腮。

「那麼我們來跳舞吧。」小蘋突然說。

我為她異常樂觀的心感到詫異。

她就這樣拉起我們兩個的手跑到客廳，按下她家那可能造價十數萬裝設的環繞音響，放起流行音樂來（也許你會納悶，何以客廳沒有電視，我心想那或是中產階級為了某種與家人共處或只用來聽古典樂的理由，沒有置辦）。

我跟楊兩個人面面相覷，一頭霧水。

「你們太不夠意思了，」小蘋說，跳上她家名貴的沙發，搖甩一頭秀髮，白皙的臉頰泛著狂野的紅光，「都要畢業了，我們台灣又沒有舞會！」

楊像猛然靈悟似的，也跳上另一邊沙發，隨著巨大的鼓點跳動。

我傻眼地呆立在客廳的桌前看著他們。

「喂，你！」小蘋故作粗野地指著我，「不配合嘛，罰你去拿泡泡機。」

「什麼？」音樂真的太大聲了。

「泡—泡—機，」她一邊跳一邊不耐煩地說，「在書房的書櫃上，是一組的，很容易找，快去！」

我走到二樓書房，果然很顯眼。泡泡機連同包裝箱盒被放在書櫃頂端與天花板的夾縫處角落，我打算搬來電腦桌下的椅子，卻差點打翻整個螢幕。地上纏亂的線路絞住電腦椅的椅腳。

螢幕保護程式忽然亮起，是小蘋的臉書頁面，我看見她與數人聊天摺下的對話框，感到一股罪惡與興奮交運的私竊感。

我點開她那些輕易與人投來擲往的對話，愈看，愈覺得自己像是愚蠢又溫懦的傢伙，啟揭了不應打開的禁忌寶盒，那無膽而囁嚅的形象轉而自心內蛛網般結上了薄削的臉面，倒映在螢幕上。有點荒謬自嘲，陰暗思維著：當我們以為默契相交、無話不談的時候，有一次驚悟到，哦原來，在我那等待空寂、渴欲你的回話的漫默中，你其實正跟另一個遠較自己還親密貼己的傢伙那樣碎嘴八卦著呢。

客廳震耳的樂聲頓時退得如許遙遠，我將椅子拖至角落，安靜無聲地輕緩取下那台泡泡機。

2.

週五，面臨無聊的週末，與朋友斷訊的日子就算僅有兩天，也彷彿時距甚遠，我跟他們即便身處同一座城市，時空的向量幾乎像是一幅銀河輿圖，距離等於時間那巨大遠隔的分差。母親不知道哪根筋不對，又彷彿是為她的婚姻做最後急救，我們一家規畫了週末到不遠的縣市，度過兩天一夜的小旅行。

但我卻為此感到如此的疲憊。自然，諸如導航的失效之類父親怪起母親拿著地圖卻不會指路，到了民宿房間竟傳來一陣詭異的貓尿味，隔日更下起傾盆大雨……旅途本身的目的與其完全相反的結果令人憂傷，我們在淒暗的夜色中行車回程。

大雨如瀑。

往行高速公路上飛散紛瀰的夜雨直如大霧。像是雨的狂歡。

車輛淅瀝速駛而過，螢紅的後車燈在排氣管上方自雨中拉出一條又一條渦漩的氣流，那一方車燈前亮的矩形，打照出漫流後撤的雨勢，路面像是一面偶爾閃爍出漣漪波光的夜河……小發財車、計程車、轎車、休旅車、大巴客運，北上南下，川流交駛。

我半躺在後座，假想自己聚水的虹膜上疊映過一道一道霓虹與車燈之光澤，會如何散放出更為迷濛與絢爛的光。

遠方雷聲悶鬱隆隆，電閃乍亮的迷幻痙攣，像是神祇在陰雲後刮著白粉嗑藥後狂翻白眼的，極樂仙境般的高潮（神也有仙境嗎？），使人畏悚。有數刻，那一片過量的曝白像是地球被當作玻璃雪球之類的東西前搖後翻地，偷取了昨天（或翌日）的白晝。

斷裂的白，方生方死。

1.

看似可以無止盡伸延下去的夏日，也終於結束在那一天，八月十七日。

相比之下，放榜後的成績與其能分發的，那些我們三年中皆已分等熟背的校名，顯得無關緊要。

週末午後，母親差我去買白醋和調味料，順便買用完的衛生紙。路上，我心不在焉地編織著試圖押韻卻不太成功的歌詞，一邊想著未來這樣抽象的詞彙。

同時有兩件事發生讓我不及反應：號誌變換，他們倆齊走在路旁。

緊急煞停，在巨大的喇叭響聲中對卡車司機感到抱歉。

看見他與她走在巨大的十字路口右前方的紅磚道，正步向轉角。相比之下，我顯得太小，太遠，他們沒看見我。

今天是週末。

然後有些東西像是推理小說中偵探回推犯案的跡證，按壓在綿薄的衛生紙上泛散，起著毛邊的黑色筆跡收勻它們原來被清晰寫下的模樣。

而我心裡明澈地悟認，這全然不是意外。事實上，當我在遞出那本詩集與她結識之後，我並不真有膽量邀約她去影院或做任何在我腦中扁平的親近方式，一切都依靠著一種他與此之間某種調和妥協的關係。像是數學，也許是三角形，或是其下的支點，讓我與她可以在一種親近卻又不會歪斜變得曖昧狎暱的狀態中，看電影、跳舞、談天、打牌、笑鬧……

我難免悔憾地想及，是因為勇敢，還是其他如何如何的質素？那次自她手裡收回的書籍內頁，難得貼上了一張黃色便條紙，上面寫著：要加油哦，大家都要畢業了，你要更勇敢的。

是我錯過了那內裡隱然蘊含的某種訊息，或者，自始至終，我便不曾展現出所謂勇敢這樣的品質嗎？然而，探究這些是永無止盡的，當謎底即是謎面，便注定要在竭力絞腦的猜測中滑向空無。

-1.

「……要上大學了呢。」

彼時，母親進到房裡，我停下手中的滑鼠。她宣布這件我準備了約莫一年之久的事實，滿心困惑。

「你知道……不管讀哪間學校，媽媽都會支持你，」媽媽將手放在我的肩上，「你不要太擔心爸爸。」

「唔，」我含糊地點頭。

「如果，現在只是說如果，媽跟爸離婚了，你不要太難過。」

我的心底彷彿茶包在暖水之中鬆懈舒張開來，感到前所未有的輕鬆。這件事，在最近這幾個月，我已然心有所感，甚至，在那些陰暗無光的夜晚，這件事早已變得遠比爭執與傷害來得更令人渴求。

「媽，我不會的，你不要難過。」

她走上前，像舊日的母體，第一次在我童年的領地之外，讓我的頭抵在她溫溫的肚腹，抱著我靜靜流淚。

-2.

坐在為了創造更為廣大的空間而裝設的鏡牆旁邊，等候。手因為強烈的冷氣抖搓著。我看見他們在店門外碰頭，並沒有音流蔓延過來，但他們臉容燦亮，笑是一尾遞移在他們之間的魚，游弋來去。我別開目光，卻依舊無法阻斷這樣的視野，從鏡中反折的光線中看見他們從餐廳玻璃霧面的門扇推走進來。

他們帶進了滿室和暖的風與陽光。此時店員迎上，替他們帶位。

忽然，從這樣的視野與距離，這樣折射又復拉長的觀看效果，我所占據的位置在鏡中給了我一種奇異的錯覺。這就是我在那個瞬時體會到，能夠延展成一生依照某個星宿宮位，或者時辰因為天體擦劃而過所排定之神祕儀盤中，人格特質某一向度裡命定的隱喻了吧？一直以來，我不正是以這樣的凝視，像此刻的眼光穿透鏡面長廊，如窺看窗內的風光一般，遠遠投望？

倍乘的隔閡。倍增的距離。若將此刻暫止，那就是一幅凝瞬而裹納深意，內心的靜物畫了。

我眨眼，攝下它。

-3.

作了一個關於未來的夢。（是夢嗎？）

夢中的空間弔詭又合理。我在家中位於四樓晾曬衣物的房間裡，跟父親寂然尷尬地對峙著。洗衣機靜蟄噤音。

在那一刻明顯地感到周身是斑落露出水泥粗胚的朽壞牆面，也知道這個於現實是頂樓，但此際竟只是建物中的小房間的地方，正慢慢遠遠地擴大。

碎薄的壁面像被刮開獎號的銀漆，髒惡地裸裎。

望向父親背後的房門，外頭陡拔通往上頭未明何處的樓梯，給了我一種超現實畫作裡釘置在白色牆面上的木條，所形構出梯階的危殆感，如同一把傾斜的髮梳。

時間這樣滴漏。

我終於慢慢地，慢慢地發現到，也許這已是多年後的時空了，因為我在那矜傲不言的賭氣中，懊恨地看到，父親鬢緣霜白的髮絲。

也許是我在想像中與父親賭氣，我與想像中的父親賭氣，甚至是想像與自己賭氣……他其實並未將目光停駐在我的身上，只是面容呆睏地，重複著生命裡本然日復一日的瑣事。

便那樣的嘆想，他終於是老了啊。

-4

夏日結束後，原來因為我的存在而需要特意藏匿的祕戀，終於可以光敞地綻放。他們會帶著愧疚親吻彼此發燙的唇嗎？他們會因著一個陰影似的雲塊如今自他們上方挪開，原本帶著那麼點偷情意味的暗示與曖昧被全然揭去，而感到失望？他們會在某個瞬間記憶起那發生在這短暫夏日的明媚時光嗎？會記得我嗎？

他們在我注望的視線中，像是兩尾人魚交替拍打著彼此纏繞的尾鰭，那麼的熾烈的愛。彷彿以我為圓心，將他們一個和一個圈進了某個宿命的圓周裡。

我是注定要以旁觀的方式，凝視著他與她優雅動人地展演炫示著我不能體嘗的愛的華爾滋。

我告別他們，像對著整個夏日告別。

-5

媽媽進房打掃。但她也只是整理擺弄了我的一些獎狀與書籍而已。

我看見她竟已初老的身形，看見她臉上猶有淚水乾涸的爬痕，如同一道一道重複沖刷下陷的峽谷，看進那深深抵達母親傷損待補的心。我為她感到那麼強烈的哀慟。我想插手、想介入這一切。我渴望她遇見更好的人，有一片更明亮的天空，她可以重拾畫筆，可以有一段完整的時光在白天去到電影院，可以買外食而不必煮飯……

甚至，只是抱抱她。

但我知道我的手終將穿透她的身體，我會溶解在她深沉的憂傷中，而她只會聽到那像回音似，有人輕輕叫喚、氣流拂過的微渺聲音而已。

-6

女孩坐在麥當勞窗側的沙發位，望著外頭十字交鋒的路口出神。她的臉上，似乎頓時失去了獨屬於她的，一種明亮的光線，徒剩一些暗暗斜畫過去的線條。那令我詫異而感到一絲惶恐，彷彿如此的神情使她突然變成另一個人，另一個未曾出現於我生命中之人。

那反而是我第一次看見，較以往更為立體的她。像是一口難以量度的深井，第一次，有了記憶沉澱後立造而起的，關於過去的陵寢……

男孩背對著窗口，只看見些許的側臉。

他安撫似的，把掌心輕輕覆上了她的手。

「為什麼，我覺得罪惡，好像背叛他了？」她把手緩緩抽起。

他嘆了口氣，說：「別這樣……」

「其實我知道……我們認識，這整個夏天的一切，」她說，「我知道他喜歡我，而我也默許我們之間那樣的狀態，我喜歡我們三個人那樣的狀態，我不知道、我不知道為什麼會變成這樣……最讓我感到害怕的，竟然是我鬆了一口氣，因為我們不必再躲躲藏藏……很矛盾，那就像、就像——我同時身處在最美好，卻也最恐怖的夢中——」她的語速急劇起來，在話語的每個尾端都帶著咻喘的顫音。

「小蘋——」

「我想我夢見他了，那個晚上，那時候我們不知道——我還不知道，」她哽了一下繼續說：「我穿過非常曲折的走廊，進到一個乾淨明亮的房間，那裡很奇怪，周遭都是大小不同的玻璃沙漏，但只有牆上掛著兩座並排的鐘，我不記得時間，但兩座鐘並不一樣，我是說，時間不同。然後我看到他，背對著我面牆，不知道為什麼，我明白他其實看見我了，曉得我在那個房間、站在他身後，但他始終沒有望向我。我們直到最後都沒有交談。我醒來之後，忘了這個夢境究竟斷在什麼地方，只模糊地感覺到，我左肩的部分好像曾在夢中被什麼銳利的東西割了一下，被劃開了一道傷口的感覺，醒來之後我甚至覺得……好像隱隱在疼痛著，可是我沒有恐懼，我想他並非要傷害我，我自己猜，這也許是……他表達愛的方式……」

-7

時間、時間。我擁有的時間太少，也太多了。像是跨步出去又隨即抽身回來，宇宙暴漲膨脹之後遽然收縮成單一凝核，裂散的原子們。你走到邊界，然後發現這裡根本沒有邊界，不過是繞了一圈，回到原點。畢竟，地球是圓的。你不過是一個身在某人酣睡吹出的夢之泡泡裡的投射，在他消散的意識沙漠的邊陲，成為自身的影子。在這裡，是時間的平面，應該說，時間成了平面。

你以為，是被加冕了一自由調度時空的權柄。此時彼地，彼地此時，切轉接換，但總有個錨定的原點，可以隨時拉回參照。然後你會發現，你實際被褫奪了一項最為珍罕的事物，並於剎那間揮燃殆盡。

我會像個機器小木偶，想打開自己拙陋而瘦稜稜的胸腔，問問他們，你看了嗎？你看見了嗎？

想像，在自己的心內，低低地，開了一扇小窗，想像他們可以細緻而驚喜地綜覽整座城市般宏偉的心思呵。我可以刺入其心魂汩汩流潺之處，沁出那光澤而銀灼的淚滴……我會多說一些話，坐得離人們近一些，不讓羞怯侵奪了我們最真實碰觸，風鈴般清靈搖晃的心？在字斟句酌裡、在噤默不語裡，撐開一道光縫，打開事物的不同可能？

在每一條分延展開的末路，都有著一朵盛開鳴唱的花朵？每一個平行都同等重要？
我在這個瞬時自問，我們為什麼會在這裡或那裡？會成為每個當下的自己？

0.

終於明白，為何在那整個夏日明豔的光照下，總有一絲黃昏般的翳影。那是當事物揮發或者飆出限速外，超過臨界的返祖現象，向前輪轉的車輻彷彿後旋，過曝的日照變成雲影，就好像，跑得太快，身上的顏色淅瀝盡逝，在某一個瞬間靈魂超前而影子浮換暫替。

像一個抽底試圖讓其上的硬幣不掉下，立在瓶口的遊戲，只不過，這一次當底下那張紙被抽掉之後，下方是真的空無一物，而我還自然地立在上頭。

我終於發現，我害怕的並非死亡本身，而是當我死亡後，那些反而持續下去的種種日常。我持續地看見（預見）了那些日常。

持續的喇叭聲令人耳鳴，讓腦袋皺疼，然後延伸成永恆。

最後是異常輕盈飛起的感受。

撞碎揚散的玻璃，璀璨地折射出夏日最壯麗的光芒。他們消失在轉角的身影，裂帛一般撕損成一片一片，同時有無數的記憶與幻象湧入。

每一道破裂的片段，都通往了此前完整的回憶，其中，這夏日的全息紀錄般的記憶，清晰無比，我可以像辭典一樣收錄那些片段的涵義，景框內原來虹膜無法分析收存的物象，以網簇葉脈般的方式彼此互相確證，允諾著成千上百個相乘的組合可能：光的葉片、雲之羽、爬藤的黃昏、垂柳與路燈、戴著寬邊草帽的女孩定定行走，初夏的步態。

像是骨牌一個又一個往時間之矢無所悖反的方向疊下的狀態，倏忽一個個回站復原。

死前的瞬間，所有往日的記憶像是潮浪輪番拍打，一下重似一下，每一刻，都滿漲著那些久已遺落的細節。迴路超載、腦膜過熱，神經突觸的脈衝電擊提高到前所未有的全景效率，開啟了所有不曾體驗的靈魂的強子對撞器。

人們常說，死前瞬刻會如同錄像一樣，洗帶回放你一生中無數個清晰的片刻，但我要說，不是的，時間的箭頭並不只向過往指去。時間並非你在水中刻舟求劍。時間的開展在每一刻都折射了另一刻的形貌，每個瞬間都觸及了另一些無垠的瞬間，觸及了一段一段人際的關係。而每一個當下的幻覺，都是一種過去與未來，像是火柴與火柴盒旁附的粗礪紅磷，兩相擦燃出這整個「現在」之瞬間的錯覺。是的，你沒聽錯，包括未來，我在那瞬間，預先抵達了那時我們的關係將要開始破裂的未來去了。

我看見他們墜入愛河而我父母在我死後倏然離異。我看見更遠的他們同上了那多少人夢寐以求的學校，如何難以置信地度過十年結婚生子，而我母親投入信仰，潛心修行，父親留居那棟遺落的屋子，間或有一些女人但最終獨自老去。

有時候我覺得那瞬間的一切太多了，我承受不了。一切畫面與聲色像強力水柱（而非詩意的浪潮）沖刷過我僅存的碎塊。

一如感官狂歡的馬戲團。

我看見他們的靈魂織錦，將如曼陀羅刺繡一輪一輪繡上新穎的圖案，在細節中迴旋著細節像是錯視圖，圖案的集合裡又有更大的圖案。

小蘋與楊。

父親。

母親。

你知道，一個人一生的碎片可以繁如星辰，也可以像是單獨落下的露珠。這些就是我的全部了，我的碎片，通往最後夏日的歧路小徑。

大王具足蟲之夢

仄黑與寂靜。抽水馬達聲活像是惡戲的縛靈，躁鬱而瘋狂地擊打著住客的壁面。一間間對門排列無有轉折的套房。廊道闃暗無光。

那時，他那內朝裡側，而非對著室外加開氣窗的狹仄房間，被公寓外頭弄不清是日晝初亮的晨曦還是夜黯時分的鈉氣燈，投映出一片淡藍的，宛若黎明前接近幽冥的冷光。房間未開燈遂只有液晶螢幕流瀉而出的熾白與之相襯。

他剛結束一段為期近四年的戀情。頭兩年他們親密膠漆，臉書上盡是被朋友笑罵放閃放太大了吧的臉貼臉恩愛照，但不知怎地，那種時刻相依的熱情被沖淡，像是他們倆在濱海公路無憂地覽看景致，卻突然遭遇了一個秒數過長的紅燈，他們的感情便如燃燒的機車引擎自最後有氣無力、慢慢掙扎迭抽的怠速狀態中漸趨熄火，難以再次發動。終於在一天她說了那句積鬱兩人心中已久的話，他點了點頭答應。

那一段時間，他感覺自己像是某艘沉墜多年的船隻骸架，被棄置在暗昧的深海底部。那時的日子已非如潮浪沖刷疊覆在身上那般清晰可感了。他像個遲鈍且敗損的不完全體，重聽，蒙翳，斜插在深海底，成為一道空間的風景。時間的流速開始變慢，他無法再確切感知日常海面的陽光映射下，亮燦粼粼的銀色水滴，或是凍寒的雲雨灰濛濛的視界中的任何改變，一切只在他眼耳隔膜之外慢慢流逝。他變得恆常淺眠，有時甚至失眠。

他滑掉螢幕保護程式上，那一片模擬深海的壯觀風景。

大開的網頁是臉書反覆更新旋復下洗的訊息之海。那些時如短箋、時如評議，又或是對著不特定的戀人、對象，夾纏不清的，曖昧抱怨的訊息，宛若大小不一形貌各異的石子，妄圖以不同的姿態，滾落、砸彈、跌跳，進入那個虛擬之洋，以引起一陣一陣可能的，或大或小的留言反饋之漣漪。他並無興致回覆，只是一逕百無聊賴地按讚表示已閱。

驀然，一則則短小的詞句竄入他眼中，有股冷意自他略為躺坐的髖椎之處觳觫升起，使他微微正身。臉書將近期短時間內突增的，對同一人的留言整理成一小框格，讓人便於一眼在這流徙迅速的訊息小行星帶中辨識出來。

但說是突增，其實也就是零星的五、六則宛然如羽，緩緩懸降於湖面，「一路好走喔」、「我會記得妳的，小燕」、「我會好想好想妳」……那樣的，輕柔憂傷的悼惜。

暈眩。像是去年他與一群同窗好友在暑假前往那個離島浮潛時，灼熱的陽光蒸曝，浮晃於那來回不止被一陣一陣突來的浪勢施力拉扯的不適感。有那麼一瞬，室內的光亦彷彿流轉的霓虹燈，只是它並未散放、環轉如廟神慶典中的花車，或是電影裡繁幻靡麗的都市那種彩度繽紛的色階，唯只輕輕洩入靜脈般的青藍色，像是深海魚類無想像力的、僵滯的夢境。然後，霎時便陷入淡淡的冥藍。

藍色的淹漫，像是四周無數彩度的色環，開始高速旋轉，如渦輪槳葉，最後竟然難分動靜地將空間中的一切事物濡染，或者說，那已接近一種靜止，淡漫流緩的波影皆兜繞在同一塊狹窄空間的，水族箱的印象。那麼地不真，使人昏昏欲睡……

夢境中是一處極像那些觀光景點販賣各式古玩、酒釀或特產的大集市，他是那在攤販後堆笑叫賣邀請客人試吃的售貨員。他將手上密封袋中的蝦酥插上一根根的竹製牙籤，堆上試吃盤招攬客人。來自各方的觀光客遠近錯落，有那他聽來熟悉的閩南語，亦有宛如鳥語般碎亮的日本話，某些中國省份的方言鄉音，還有一些可能是斯拉夫語系的陌生嗓音。他勤奮地遞出一塊塊炸得油香酥脆的蝦酥，絲毫沒有注意到盤中的狀況。他會注意到，全然是那些走經他攤前的日本女孩失聲訝然的語調，即便他並不熟諳日語，也知道他手中盛盤中的物事似乎不太對勁。他往下一看，一種直覺的、生理性的不快竄上他的膚髮感官。那原本殷紅被裹覆在淡金色炸粉的靜態之物，竟而被一隻隻交疊攀附在彼此身上的粉紫色蟲類所取代。這些蟲類掙扎著體軀，在同類身上滑落、爭擠。密密麻麻的節肢，以及牠們跌落後，或蜷身或舒展所顯現的腹部鱗片（和其上的腹足），還有那背部有如騎士鎧甲般的片狀鈣質外骨，進化成顎足以供吞食的第一關節肢、兩對昂立探嗅般的觸鬚……

他驚叫一聲，將手上的盤子打翻在地，那些蟲子天女散花，一隻隻結附在他的衣領、袖口，攤桌上待售的密封包、試吃盤，勾掛在他的眉睫、眼皮、耳垂、唇瓣上……

睜眼。他已多年不曾想起這個妹妹了。他對這個表妹最後的印象，竟已是他在一家文理補習班打工輔導國中生時的記憶了。那甚至不是她。

那時他獨自輔導那個羞靜的女孩，從國英數自然乃至社會全部包辦的輔導中，他有極長的時間與她相處，他指導她幾何圖形刁鑽的角度計算，國學常識那繁複奧麗的文化積澱，公民社會法律程序的循序推演，看著她的青春神力流轉在百無聊賴的渙散注意力中，有股近乎撐展欲破，令他羞恥的性的衝動。他看著她長而光皙的頸，細瘦浮凸著青蒼的藍的血管的手耕耘著算式、選擇題，還有那一雙藏收在褲管下，略微內八、膝蓋嶙峋的腳……憶想起他的表妹。

燠熱的夏日午後，使他彷彿重瞳般靈視、穿越而進入那愚騃的童少時期。那女孩鱗聚在小巧的鼻子上的汗珠，竟恍若被往日時光兀自明耀白熾的太陽照得閃閃爍爍的。

再往後退，即是早年那彷彿電視中廣告醬油或罐頭蔭瓜所特意描畫的家族諧和之光氛。那時，親戚之間尚會彼此往來，大人擺好桌子，洗起清脆碎落的麻將，或是租來形如黑膠的雷射影碟看著孩子一點也不懂得的好萊塢動作片……其中一家的孩子生日時，父親與姨丈心血來潮，吹鼓一顆又一顆繽紛的彩色塑膠氣球，讓它們飛揚在整個客廳及與二樓相銜的樓梯處。孩子興奮得像是一隻隻不曉自制的幼犬們，尖嘩笑鬧地用腳猛力踩破氣球。像是比賽，孩子奮力地在大人尚未吹起另一個氣球前，便搶著踩落，無數氣球之煙花與爆破聲在整個空間內此起彼落。他漸而發現那場景幾乎可以慢慢地自0.75、0.5、0.25的倍速降階般的調校：迴旋的風扇、吹脹氣球時撐紅的臉、懸空的小身子、湛澈眼瞳裡的折光、墨烏柔亮的髮瀑。抑或是想起，那在密室裡無邪又禁忌的遊戲……

不知道發生了什麼事，他陰鬱地想著。希望這一切只是他這段日夜顛倒、作息錯亂的日子以致的錯視，或是因著他蟄居太久，而對現實世界產生了某種歪斜、遮蔽，如霧蒙罩之下的景象。

然而隔日，他母親撥電，要他回去參加告別式。

深海底下，有著什麼呢？

深海底下，並不若人們所想像的死寂。並不只有深淵、黑色地獄、極暗世界可以形容的深海，在遠離那生命之火的透光帶底下，自成一個深海系統的生態圈，棲止著諸多面相迥異、顱顏枯槁的深海生物。如同已存在千年經驗了無法細數之洋流摧折的嶙峋怪岩，那麼像上帝在陸面捏塑剩下便把不要的泥土團塊隨手擲入海中的造物。

未知的地球澡盆，使他忍不住想探向那平原底層，看看低浮在上頭的生命。

在墨暗的天色下搭上晃蕩顛躓的列車，總使他錯覺處身海底。返鄉的他彷彿來回於淺海與深海間的魚種，淺海搖蕩的水波因光束竄下所造成的暈晃感，是他久久一次探吐海面換氣時的必然知覺。

於是，他待的那節車廂霎時微縮成深海球艙，他可以看見前一列與後一列車廂之間那過近而迫促的隔距，前後反光的透明坡璃因此像是他立在兩面不斷反身自映的鏡子前，沒有終止的無限反射下去：虛者站立在實者的前頭，實存又接著搶占虛擬之位，這節中介的車廂竟宛如脫軌自行的幽靈車列，不曾存在，自駛於兩個順序編號之車廂間（比如九又四分之三月台？）的夾縫。

前往殯儀館的路上，他不斷想著那反身自映的鏡面。

「妹妹就是騎車騎至這個路口欲直行，卻被那轉進的機車給撞到的。」阿姨坐在副駕，手指向那偌大的十字路口留有可辨暗紅色澤的肇事之處。

清理過後，幾乎與尋常的路段已無異了。

路程曠涼而寂寥，沿途他的母親與阿姨說起表妹如何輾轉在檳榔攤、麥當勞、泡沫紅茶店裡打工。外送途中，她停等紅燈的車才剛起步，便被後面另一台機車攔腰撞上，肇事者昏迷送醫，而表妹當場死亡。

「請了道士招魂，但妹妹就像她生前的脾氣一樣倔，怎麼招就是不肯離開，還堅持著要帶那些無主的鬼一起走……」他別開臉試著不去注意阿姨的眼角閃爍濡濕的淚光，

「她就是重朋友勝過家人。」

「待會就麻煩阿偉了，規定說父母不能送晚輩的。」阿姨回身過來看了看他。

「好。」他與舅舅的三胞胎同擠在休旅車的後座，年幼雛稚的孩子並不真懂得死亡為何物，他們一路上哼哼唱唱，拿起他的智慧型手機把玩，無聊時便開始與一旁的兄弟頑皮打鬧，沖淡了不少那留滯在車內，低抑的悲傷氛圍。

抵達的時候，他看見姨丈已在那兒接待前來上香的賓客，有表妹的同學、老師，甚至是打工處的老闆。殯儀館外空闊的場地有他識或不識的親戚，他母親走上前與那些親族寒暄問候。似乎成了某種家族的聚會。他的父親隨後載著舅舅、舅媽過來，他注意到舅媽懷中抱著的，與表弟年紀相較再稍小一些的孩子。

「念的還可以吧？」父親問起他的報告進度，他心虛地答說一切都在進行。

姨丈多皺而疲憊的面容，清癯的身軀令他大為震動，那個記憶中爽朗大笑、力強精壯的姨丈自過去抹除，眼前的竟已是初老的男子的形貌了。姨丈拍拍他的肩，交遞給他一炷新燃的線香。

桌邊放置的，除了紙錢、蓮花，都是活人揣想死者抵達地下的倒影冥府的時候，可能喜歡或必備的紙紮物事：透天屋宅。摩托車。筆記型電腦。新潮的 iPad、iPhone。遊戲機……

他注視著表妹的遺照，敬拜起來。

那是成年的她，然而他的視覺卻無由地疊映上那個踩氣球的小妹妹。他在小時候極寶愛著的小妹妹。因為獨生，他並不如後來舅舅生下的三胞胎那樣幸運，擁有童年的玩伴，他會拉著她玩軌道四驅車、戰鬥陀螺或是那個年代人手一台的怪獸對打機，那麼男孩子氣的東西。當然妹妹也會要他陪著玩扮家家酒、培樂多黏土，或是醫生護士包藥打針的遊戲（妹妹其實也愛跟他爭搶Gameboy掌上遊戲機，他不給，妹妹嘶嘴不理他，好言相勸不行，要買餅乾糖果賄賂才言歸於好）……他眼前浮現起那張照片所沒有的，妹妹真心開懷的笑起來時，慢慢綻漾浮出的笑渦，那像是世界還在他們的口袋中，不曾掉落。

那約莫是畢業照吧，笑得有些僵直拘謹，嘴抿成一段不安的線條，頭髮剪成俐落的短髮，不若過去那襲流綴般的樣貌。之後，彷彿是為了不耽擱太長的時間，他以及那三個如毛蟲亂扭難以定立的弟弟，排站著，任由道士及僧眾帶著助念經咒。那整個下午他們皆在反覆迴旋的喃喃咒念中度過，原定需要三週方能超度完畢的時程，僅僅壓縮至一個午後的接力。弟弟們早因站得太久而一個個持香坐在一旁的塑膠連排椅上，只有他仍持立著。這段時間像是被扭曲地拉長，遠處焚燒金紙的氣味侵凌他易感的鼻子，線香氤氳模糊著他的視線。口鼻嗆然。他走神地想像著，表妹只是不小心殞落的天使，慢慢的沉降，像是天空之城的少女，巡弋海底，靜謐無音，周身有著稀微的，屬於上層海域的光，墜往巨大曠遠的深海，那裡魚群寥落的游梭。

到了近五點的時候，助念暫告一個段落，姨丈走了過來，問問大家是否餓了，弟弟們大喊好餓好餓。他看著姨丈瘦削、脈管幽藍地縱橫爬走的手臂與腿足遠離視線。

「媽，那個小孩是誰？」他問起阿姨從舅媽手中接過去抱起的孩子。

「你阿姨命苦，女兒出事，還要幫人帶小孩，」母親說，「阿姨最近兼差保母呀。」

「是哦。」

回來時，他看見姨丈吃力地抱起一大堆超商的麵包走過來，他趕忙衝去接住。

「因為不知道你們愛吃什麼，就把全部的麵包都買下來了。」姨丈不好意思地笑說。

那個時刻，他不知為何——比起之後的隔日，不能由長輩陪行送往火化場的出殯而獨留於殯儀館前，顫抖低啜的雙親——為這樣蹣跚走來語帶抱歉的姨丈而感到悲傷。

略略填飽肚子，便是儀式的最後。道士領著他以及搖頭晃腦的表弟們，繞往內室從冰櫃退出的遺體，一眾大人留在前頭。

表妹躺在棺槨中閉目凝妝。補綴的隳壞的臉容。殷紅的內襯。

他或者別開眼睛。或者沒有。他不記得了。

然而心下暗忖，他可曾見過她裹覆在紅色的壽被下看不出內裡已然碎折的軀體，裸潔一如某種青白色的靈動的海豚？

（有的。）

（那天他們玩了一個不知道由誰提議的遊戲。）

哪裡呢？

（唔……在三樓那時還不是自己房間，堆放老舊電視五金什物、父親一落一落的教學用書、壞損的家電之類拉哩拉雜的……）

儲物間。他們倆在那些堆擠疊放的雜物之間，赤裸地偎連在一起，一般白皙的童孩肌膚，在空間中描畫出無分彼此，溶洩成象牙色的液態水料。他的手輕輕慢慢地撫過表妹尚未發育的胸還有乾淨無毛的私處，也許有些冷，他們兩人皆微微顫抖著，表妹好奇地逗弄著他腿胯之間柔軟的陰莖。

（他覺得她像是破掉的瓷器，皺紋細裂。）

那對他們來說，更多地，是一種對大人的習仿，一個探索的遊戲。他們抱抱彼此，笨拙地親吻，像是鳥喙的碎啄。他覺得癢癢的，噗哧一聲笑了出來，表妹也跟著他無憂地大笑起來。陳年的灰塵，揚馳在他們看不見的暗暗的空間。

房門突然打開，原本浸潤在午後的日陽，因百葉窗下摺而顯暗的房間，被門外刺目的走廊燈揭亮。他們有好一陣子沒有來往遊戲。

「那麼年輕……」

「妹妹就是愛玩，著急欠思慮……」

「來送行的男朋友嘛無是頂擺彼個……」

一些聲音窸窣地退為耳語，不管是嘆息也好，不忍的怪責也罷，都與他無關了。

他其實判識不出眼前的人兒。

這便是深海了。他想。

明天出殯。

儲物間搬空清理之後，便作為他自小到大的房間。母親叫他早點睡，退出門外，亦早早睡了。

聆聽道士與法師念誦了一整天的經文，他雖未動嘴，卻也覺得異常疲憊。翻看臉書之後，他往後一躺，大字形地倒撲在眠床上，惘然若失。

那晚如此頻夢。

有一些騷動的事物，像是水中流沙在魚經之後漫起如霧，默默地從他的無意識浮出……

精靈鯊游弋過他的上方。

齒齦外翻的成排利牙、鼻吻突出像是說謊的小木偶，牠輕輕擦過他皮膚，循流遠去。這條醜陋的魚在此刻，竟讓他感到如此安心。深海水母群像是海域底層的繡球花、大王花、曼陀羅與牡丹，款擺怒放，牠們或拍擊或湧綻的柔軟的體軀，真如複瓣開展的花蕊。

又似是這座人類未能窮盡的內宇宙中，幽幽懸升的神祕的幽浮呀。

一些醜惡的蠕蟲。瞎盲的底棲生物。懸誘著一盞盞夜燈的鮟鱇魚、華臍魚。

魚族，魚怪，魚龍。

遙遠又神祕。

無意識之神快手亂剪，影格與影格在他的快速動眼期間內，剪切、榫接成一部又一部光怪陸離的蒙太奇電影。他幾乎是從那氣壓侷迫、黯淡無光的深海一路被抽拔至地面陽光普照的草地。夢裡繁華錦簇。

它決定將場景設置在他深愛的往昔母校那段長距的斜坡大道，席開百桌。大宴。不知道是誰的婚禮，或是家族、宗親枝繁葉茂的返潮溯源。那一路從坡頂圖書館經過鐘樓擺向平坦柏油路的華宴，人群雜沓，他在現實生活中的朋友同學甚至老師全被擬置成他宏偉家世的一分子。然而近親的臉孔依然，不曾調換。

那令他如此感傷的原因在於，那幅畫面之間所框限的時光，乃是命運神祇尚未伸出手指撥轉人世鐘面前，那段猶仍濛煥光暈、金黃腴軟的日子。他看見彼時仍身形拔䠷的二姨丈，笑顏逐開地跟母親聊天，看見姑丈站在奶奶身旁舉杯敬酒，表妹在跟年幼的表弟們玩鬧，杯觥交錯，粉彩流金。沒有誰與誰交惡，沒有誰離婚，沒有對照現實葉落枝枯的家族譜系。沒有人死亡……

後來他便站在那有著垂死夕陽的港畔了。

船錨與伸延出去，被水流推晃的路道發出一種清脆好聽的，像風息吹過鈴鐺的叮呤聲。

水波擴漪的靜物畫。

他不記得那些錯序嫁接，要待醒來後才覺得突兀的細節。他只記得他與他的母親自港邊沿壁而建的Z型梯階往下抵達一個岔分出去的平台。

已是黃昏時分，但那整片近海卻不因此橘紅黯淡，反而呈顯一整片豔異的紫紅。空氣中有著海潮、魚腥以及醃漬物甜膩的味道，他與母親看見，在搖曳的浪花之間成排編束在一起的竟然是一捆又一捆色彩斑斕的魷魚群，在那可能的縫隙之間，還有無數翻跳的各種不知名的魚，好像那整個貼陸圈養的區塊，是一座無限放大的醃漬醬缸……

他就這樣與母親並立而視，看著那奇異的海面直至醒來。

黑暗中有著藍色光條幽幽漣動。這不是他應該醒來的時間。那些藍色幻彩，有如水族箱打照的螢光燈，是未關機的電腦、網路路由器、外接硬碟、液晶電視的光點和音響螢光所造成的漫漶的錯覺。

他突然想起那些夢境，像是離指之瞬，鋼琴的顫音。奇異怪兀地，與現實生活的事件押了詭異的韻部。

有一些暗示性的，令他不解的什麼，輕輕搔刮著他的腦殼……

移動滑鼠，黑色的螢幕亮了起來，他看著那些，閃爍跳動在藍框裡，不著邊際、來不及回應就懸擱掉落的對話。點開訊息匣的話框，都是近日朋友打打嘴砲挖苦、抱怨研究所人事的揶揄及自嘲。他往右一按，被臉書屏隔為「其他」的訊息浮出，好多個要他在家躺著賺、中借低息車貸和好久不見了同學想跟你談談人生規畫……的垃圾訊息，然而在這些彷佛海面油汙的訊息之間，有一個個微弱的呼息，悄悄地散布其中。吳欣燕的名字底下，他彷佛看見那時間暫止之下妹妹一個個凝稠封凍的表情，無音聲的控訴。

（最近好煩噢，媽一直叫我考高中，但我又不愛念書，一直管東管西，我偷偷跟你說哦，我交男朋友她都不知道……）

（又來了，一直叫我做事情，限制我晚上出門，很無聊耶……）
（欸哥，我去台中找你好不好，很久沒見了……）
（你會不會覺得我很煩啊，都找你抱怨事情……）
（你應該很忙的，媽說你念書壓力很大……）
（……）

他沒有回覆的話。

他們何以漸行漸遠呢？那可能在某種程度上，是令人難以阻止的必然嗎？國三之後，老師每每以人生無望為第一志願的後路，隱隱相脅，主科跑班上課，考前能力分班。到了高中，好像鬆綻的螺絲，沒有人告訴他下一步了，他的成績時好時壞，他自知不是念理組的料，一度想填考中文系，但這次另一個老師又再次叫他到辦公室，暗示此行「撿角」的可能，後來不知怎地，陰錯陽差上了法律系，也就這麼念下去了……我們總是在別人的生命裡半途失蹤，他心想。有些人努力地穿撥霧氣若隱若現，一些人跌入叢草之間，頭髮黏著枯葉與鬼針草，狼狽地爬出來……

那隨著成長而悉數留置身後的記憶，似如滾入床底的彈珠、黏滿灰塵的絨毛布偶、缺角的積木。有時候一忘就是一輩子。他連自己這幾年倘促度過的日子都彷彿低照明的暗夜行路，不甚清楚，更遑論那指岔分延出去的另一段人生。

許多年後，那多股歧路的線頭，才又重新交錯在一起。

睡不著，卡在這凌晨時分的狀態，十足尷尬。距離開始還要很久。時間靜靜地溢在四周，消耗不完。他收聽夜鷹整夜的啼嗚直至天亮。

隔日清晨匆促盥洗嚥下早餐後，母親和他先到高鐵車站，順道接載隻身回鄉的小阿姨。

阿姨一上車就和母親叨叨絮絮。一些細節性的問題，辦理的瑣事，乃至話題暈開渲散的最近的生活與事業……小阿姨將信將疑地聽著母親描述招魂的經過，她回身問他信不信，他遲疑地回答應該吧。

話題也終於開始繞著他打轉。

到了之後，據說大阿姨仍為了招魂的事心神不寧。

表妹仍拉著她在那處路口新結交的友伴不走。

那給了他一種極為異樣的，表妹同時既巨大立體又扁平弱小的印象。身在此魂在彼，變形分離的狀態。垂視著自己壞損的面容，無淚悲楚。走，不能不走。

魂兮歸來。

我們失卻了同一個能完整溝通的語言參照體系，活在陌異次元但是重疊的世界，他想著。退行的意識與變形的手鰭。你只能吐泌那海上之人無能透徹的空氣的囊泡，固執地哀望。然而當它一觸及翻騰浪沫的洶湧海面時，啪的一聲破了，我們只能聽見恐怖的尖嘯或者死寂的沉默而已……

他以為死亡只是屬於生者的事。

忙了一早上，時辰近，天空的雲綰攬成一件厚重的棉被，又恍若海一般大理石的渦旋的紋路。昨日未能上香的人，陸續前來。他遠遠聽見小阿姨抓著母親到一旁問為什麼多帶了一個孩子，他想起昨天他也有相同的疑問。僧道與殯葬人員繼續趕著進度。然後下起了雨。

細細密密的小雨。夾竄在香霧與灰白的冥紙之間，點踏在眾人的頭上。一些賓客打起傘來。他平舉著手，讓細絲在他的掌紋中匯聚成河。

所有事物皆被那傍晚的霪雨刷褪成一個微弱的夢。

欠眠的昨夜讓他昏睏，搖晃著身軀。插立的香束之煙，竟像是卡通動畫中擁有自覺意識，蛇一般溜竄不懷好意要鑽入某人的鼻內的固態活物。

他亦彷彿感覺自己正做著一個，一個……

（清醒夢）

魚從厚厚的雲層游出，穿過如針狀播散的豎琴海綿，暴凸的下頷歙合著透明晶瑩的牙齒。鵜鶘鰻這時就像是牠的兄弟了，寬大的，不成比例的嘴，一路裂至顎緣，鞭尾緩慢地擺動，末梢墜亮著一點星芒。

他看著現下換到大阿姨手中，那一張樸白、稚幼的小臉蛋。

那些生物看起來一隻比一隻還凶猛，在深海喪失一些感官的同時，面臨衰弱的視覺，或是像後肛魚那透明可以直視的頭顱的怪異造型，卻又予人巨大又立體的深刻形象。

然後他聽見母親說起表妹離行之刻，向著阿姨與姨丈對不起對不起的哀告。

「伊猶是囝仔呀……」母親有些嘆息的口氣。

所以還是離開了。

出殯前夕，表妹的雙親相擁而泣。小阿姨婉拒了瞻看死者的遺容。

他亦寧願記憶她如同日昨的尾聲之夢，終焉之夢。（真的是最後一個？）

黑暗的深海，卻因為一個白色的身軀而夢幻明燦。

是旋轉也是格放的奇特景象。每一次都是全新不曾重複的樣貌。

每一瞬間都在改變、綻溶、疊構的身體。一個毫無頓暫，每一刻都在追加都在重新排列的白色輪廓。有點類似那個網路盛傳，依稀可以測知左右腦之發達的旋轉舞女的反白版本。

她像是一朵瑩白色的海芋花，雙臂疊放，一隻腿亦如此靜靜棲止在另一隻腿上，捲擁著自己。她周身那些幼白、孱弱，甲殼仍如初生之犢那樣脆薄、又宛似仍可輕輕扳拗的膠質盤皿，原應散發淡紫色的幼體們，此刻折映出炫熾的白光，不斷螺旋上湧，環繞、翼護著她。

那是等足目俗稱大王具足蟲的群集。

眾家屬圍立在棺木的四周，那紅色布被亦已拉上。

「封釘講好話，我若問汝，汝就應『有哦！』」

「……一點東方甲乙木，子孫代代享福祿，有否？」

「二點南方……」

身形壯碩的大漢要他們吆喝那像是祈願又像是某種補償性之讖語的祝誦答語。

「……子孫代代出狀元，有否？……」

封釘的儀式。

紋印著電藍色圈環的觸手勾連在棺木的內緣，劇毒的藍環章魚此時往下掉落，移行爬動，大如巨腦的傳奇深海水母隨著封棺的動作，顫動著牠鼓脹的頻率。抖索一如心跳。封釘官闔上棺蓋。

大批大批的大王具足蟲攀結棺蓋的邊沿，被送上靈車。往火葬場的路程不長，只是一個短暫的坡地。他捧著遺照，弟弟們在後頭顫巍巍地舉著旗子隨行，亦步亦趨地走至入口。棺木從車上卸下，繼續往內走，他注意地上有導向各個地點的線條，像是捷運不同路線的站點。祭拜室、家屬休息區、撿骨室與火化室。他們到達鋼板閉合的爐口。

棺木架起，送入爐內。

旺燃的火焰，他看不見。

步出火葬場，雨絲依舊輕盈地飄落。母親將手搭在他的肩上，大阿姨抱著那孩子對他說辛苦了。

潔白的海芋花。漂浮深海的少女，還有她豢養的雛蟲。

孩子可愛的酣睡面容，拳握的小手搭在阿姨的肩頭。表弟們開始詢問可以吃東西了嗎，舅舅推了他們的頭笑罵整天只想著吃，他們又四散地跑開。

下坡地用鐵絲網圈起的冥紙焚化區，煙柱上燻。

他尋找著嬰孩眉宇中近似的特徵。

冥紙燼餘如柔絮的殘屑，開始翻飛在青白色的天空，彷彿玻璃雪球被搖晃而依次飄落的城市雪景。

那使他想起，他夢裡的那塊幽漆的深海，仍舊可以，看到從那被太陽寵幸的透光帶，慢慢旋落，宛如天使折翅之後漸漸飄下的羽毛，由有機物叢聚而成，以供深海魚族飽食與存活的海洋雪。

（本文刊登於《短篇小說》第十九期）

日光夜景

那天，修培的愛慕走到了盡頭。這事的起因必須回溯到國中時那個新學期開始的下午。

喀喀喀喀的聲響伴同鐘聲響起。那時，年輕美麗的英文老師走上講台，像用她女性嗓音的雙手撥開這一眾駭叫的男孩之音，撫平了那些毛躁的聲絮。老師穿著連身的洋裝與長靴，一手戴上絹絲材質的白色手套拿取粉筆，接著以指揮般的曲線開始授課。偶爾停下，和學生漫聊昨天看過的電影、日前的時事，或家中小孩的情況。有時候學生開起黃腔來，修培總是聽見老師用極有耐心的聲音閃撥掉那些男生帶有刺探與魯莽的玩笑。在那一刻，他洋溢某種頗為難堪但非常真摯的情感，內心脹滿羞怯的孺慕之情，覺得他是老師唯一的知音，可以用他幼弱善感的生命為之護花。他總是因為在老師的課堂上拿到好成績受到稱讚而赧然雀躍不已。他以為他是超齡者，可以溫柔地為老師感到憤慨與欽慕並置的複雜情感而小小自傲。他很輕易地在老師嫻美的盼視中認出了一個同謀，認為他們共享了某個祕密。老師對他的關心被他視為愛意，他的敬慕則成了迷戀。他把自已變成一種作品，考卷發還的當下，每個滿分的紅字旁，是他題獻給老師的署名。

高中初的少年修培繼續沉浸在他的永恆愛戀之中。一樣是年紀輕近的女老師，教授國文。他為這個對象寫詩，為她浮想特殊的際遇與個性，當然，他也渴望她無暇清潔的身體。那具身體沒有任何參照，唯有獨特可言，畢竟，對那時的他來說，性的圖景不論網路的、口傳的，始終來自別人的眼睛，他的版本只好憑空想像。他怎麼能忘懷，國中時的男生朋友，推搡他，帶著興奮與失落並具的神情與他分享女人的下體的時刻？他們共有的感覺是，那麼美麗的人類，為什麼會有這麼驚人的醜陋下體呢？在愛與性、身體與下體的辯證裡，他是多麼傾向前者啊。同時，他很清楚地知道——不曾混淆——在他詩歌裡的對象與現實中的對象之間，那一道特殊的差距。那或可稱之為「詩意的深淵」，正因為有了這道深淵，他擁有源源不絕的靈感。比起與之戀愛，他更耽於他筆下那閃躲媚行的對象，比起真正的與她做愛，他更喜歡想像與她做愛，他更可以在這樣的快感維度裡，體驗既擁有她又失去她的雙重刺激。

但愛慕終有時，它離去的如此平庸，不過標誌著他年紀的轉換。他很快地投入下一場愛慕行動。在大學一堂選修的電影課堂上，老師身著收腰明顯的真絲上衣，截短的袖口展露光潤悅澤的肌膚，長裙下的小腿隨著講課的節奏輕移慢挪，左右視線。老師放起緩慢舊暗的《廣島之戀》。教室裡大片簾幔拉起、色度降暗的視野中，那些慕名而來的同學卻睡去一半，修培朦朧看見那個身影與投影布幕上的輕倩形體重合。電影誠然是幻覺的藝術，每當那異國的嗓音在教室後方的喇叭響起，皆宛如老師附耳呢喃。他是看得那麼專注，幾乎只能使他痛苦。

老師帶他們看了大部分新浪潮的電影，而他在一次比一次更強烈的情感中沖激那藏匿的渴望，每當意欲邁向踰越的邊界時，都挑戰了每一次嶄新的設限。課堂報告時，他因為一篇分析得體的文章受到讚賞，老師的手無意間擦過他的頰側，那一瞬，老師的碰觸對他而言是如此灼痛，因為他全身上下皆是火種。他在肌膚上的火紅花朵盛放前，以那因用力而泛白的姿態支撐著。瞧！他那幾乎可以自傲的精緻的隱忍。

修培的愛慕結束在那一天。年輕的老師與學生過從甚密，初看是親和，但長久下來無異於引火，這把火燒在年級更大的男學生上，近於中傷的流言修培不以為意，必須等到親眼見識那在無人處的親狎之舉。他以為那彷彿是戲台上的形影，但這次顛倒過來，老師以她不下教學的熱情撫愛學生，親吻那具更新的身體。修培起先暈眩，然後是想吐，他不確定能否再上下一堂課。但他仍去，彷彿必須得到一種驗屍般的確證。修培上台做短報告，他解釋電影中使用日光夜景的用意及其蘊含的美學，卻感覺自己的聲音被埋沒在投影機切割過來的光錐裡。他發覺那道集聚的光圈全數投映在他身上。刺耀的光線將他的肢體五分，明亮處只餘身幹，有如截肢的傀偶。

驀然他發現自己早已佇立校園中的相思樹林良久，星影垂落，樹枝篩動。

其實師生戀也挺平常的，不是嗎？他自我安慰地想。畢竟在現實的沙漠裡他向來置身在那一片神奇迷離的綠洲。他知道自己並不期待女神下凡回應他的愛。不過，內心底，那接近一種嫉妒，像電影鏡框中的麗人那張巨大幻美的臉孔終於透出布幕，幽香襲近，令人心顫地獻吻，只是她越過我們的主角吻向他後座的觀眾。顯然他沒意識到，女神亦是會愛人的，而愛人的女神最後只能是女人。

雨水忽地濺落下來，正合心意地毆擊他，宛如偶像劇會有的煽情場景，但沒有配樂、打光與取景使這一切成為令人滑稽的自罰，缺乏悲壯，只有濕冷的孤寒。他被淹沒在那一片失望的海洋。耳際像臨受水下的重壓，鼓膜悶鳴，他的大腦脹成一個巨大的音箱，有自己反射與錯折的路徑，所有聲音顫打入腦的程序被延緩或懸置，像音畫不同步的壞檔片源。他在那片相思樹林盯視著黑暗深處的模樣，彷彿想憑意志力將自身投擲到另一個平行時空，好跟現在這個魯蛇處境相交換。

末日不過是場大雨，他也不過是一具行將冷黯下來的年輕的屍體。他想到廣島，那裡成千上萬的生靈在眨眼間就被蒸發，而痛苦的卻是那些活下來的倖存之人。他褻慢地想到，愛可真是最接近核彈的東西：威力巨大，半衰期漫長，還都有輻射！這麼想的同時，突然一陣奇異的微熱流竄而過，宛如不知名的焚風吹過。那是什麼呢？有如某種預感，或靜電，額葉靠近物體時的碎癢，脖頸處汗毛豎立的警覺，一種命運在遠方叫喚的回音。在這片天色蔽蔭萬物的黑暗中，他的視眶卻隱約接收到一絲微弱的光痕。

風雨似乎剎那之間減弱，又或者是雨勢從來沒有他想像的大。月光旋動它的亮度，一個人影浮現在距他不遠的地方。他看著那張臉奇特的仰面朝天，像極了下一刻就要鼓翅遠飛而去，但同時，它又貞靜得彷彿雕像，雨點拍打在那個鍍上了一層光膜的物體，漸漸地，描畫出一個可供辨認的形象。

他不知道那個女孩是一開始就出現在那兒，還是在他思索的瞬間自周遭的景色淡入的。她的預感也許和修培的一樣強烈，只見女孩終於轉動她仰首佇立的姿態，朝他看過來。

「嗨——」她打招呼的方式彷彿他是一個故人。

「嗨。」他決定把那當作一種誤解，那聲音裡的表情很是空漠。在他戲劇性表演失意的場景中，假想觀眾果真降臨，似乎只有被羞辱的餘味。

「嘿，別擔心，」她說：「我不是鬼。」像澄清一種身分的界線無比重要。

「呃，」他說：「我知道。」

「我嚇到你了，」她直視他，睫毛上凝著許多像露水的小水珠。

他用如下問句掩飾他的窘態：「妳為什麼在這裡淋雨？」

「你呢？」

「大夢初醒。」這沒頭沒腦的回話不知怎地女孩依舊接得讓他體無完膚。

「所以必須在雨中感受一下現實嗎？」

修培聽見那個聲音綻開笑意，女孩的形影更清晰了。一張由雨水淨盡的臉孔浮現在他眼前，她走過來的嗎？修培疑惑。還是他無意識間向她走近？或他們始終是這樣的距離只是他未曾發現？他看見那張臉上黏附著濕髮，在泛紅的耳廓邊捲曲有如水波留下的潮瀾。

「其實我是書讀累了，跑出來透透氣，我一遇到下雨就會變成瘋子，」她說。修培記得圖書館是在左近，她吐吐舌：「不過太晚了，我這樣子也沒辦法去圖書館拿我的東西。明天再去好了，你要回去了嗎？」

「嗯……也許再待一下……」修培不常和人說這麼多話，下意識裡他希望她趕快走開，別打擾他自噬悲傷。

「好吧，別著涼，」她輕靈地說：「再怎麼傷心，雨水也把它帶走啦。」

她就這麼輕縱地走了。

修培背轉過身，卻聽見一陣驚呼，讓他不禁又回望過去。

「啊——不對欸，女宿有門禁——」女孩發出怪叫：「什麼蠢規定。」

「妳之前怎麼辦？」他訥訥地問。

「之前沒瘋那麼久吶。」

「怎麼辦？」

「你說呢？」

「妳總是用問題當回答嗎？」修培嘆了口氣，男宿沒有門禁，而且還能洗曬她那身濕衣服。

他頗感心虛地帶著女孩回到房間，不出所料空無一人，頓時鬆釋下來。偌大的寢室時常只剩修培一人。他的室友凱翰癡迷桌上遊戲，總在夜晚與他的朋黨玩遊戲去，轟轟鬧鬧宛如流動的宴席，從桌遊餐廳打烊至宿舍交誼廳，耽溺那不夜的棋戲。秉堯則致力於某種性的地誌學，那意思是，他與他那些隨季節遞換的伴侶無所不在地做愛，探索任何可以性愛的空間——圖書館自修室、書架旁、掃帚間、叢草後、夜晚的教室、頂樓、桌面下暗蔽惑人的摸索——而樂此不疲。他的最後一個室友從沒出現過，他從來弄不清他是繳了學費沒來，還是不屑於和三個史前人類窩擠一塊。

「快去吧，」他說，交遞給她浴巾和寬鬆簡便的 T 恤和短褲。修培覺得行將結束的今夜——過了午夜，那或者只是開始？——十足荒謬，他浮想聯翩：那女孩可以穿他的衣服，但內衣呢？她又要睡哪？一切疑問如適才的雨瀑在他腦海裡沖刷，但那女孩如此安愜，彷彿這一切不過就是必須按理進行的例行事務。她接過衣物準備前往男宿的澡間，臨走前，修培叮囑：「別被看見！」

她回給他一個得意的笑。

女孩帶著修培身上的味道與瑩潤的肌膚重現在寢間。修培登時呆住了，他不確定那是因為錯視一個女版的自己，還是第一次以這麼怪異的方式貼近異性。他試著迴避那迫人的領口，但又難以與她四目交接，只說：「衣服洗了？」

「嗯。」她輕倚在門邊，半進半出的模樣令修培大為緊張：「你的室友呢？怎麼都不見了？」

「妳要感謝他們三位，否則我才不會隨便帶女孩子回來，」修培在他的座位上說：「拜託妳快進來，不要被別寢看到……」

她輕笑，似乎不以為意。

「哎喲，男宿的情況我還不知道嗎，一堆男生偷渡女生進來根本是家常便飯，」她問：「他們都外宿嗎？」

「凱翰桌遊不玩通宵打到天明是不會回來的，秉堯他……約會……」女孩為他拙於粉飾的停頓曖昧地竊笑起來，修培不理她，說：「最後一個呢，從沒來過。我們這房只有三個人。」

「那怎麼能算？」

「他們都不在啊。」

「也是。」她在他書桌旁的床緣坐下，看著他那由棉被凝形翻身而起的身印：「你也一樣，這是你不在的記號。」

他們交換了名姓，女孩叫莊思婷。

有一陣子，四周只是靜默的簾幔圍攏的空間，闃寂的寢室突然被巨大的白噪音所填滿，幾近放肆。

思婷在床上曲膝輕撫著她的足趾，哼著歌，修培則整理桌上雜亂堆放的課本和筆記。她瞥見桌案上筆記本寫著有些歪扭的一行字，發亮的雙眼燃燒著好奇：她的微笑是神的面紗，背後藏著一對天使的翅膀。

「這是什麼？詩嗎？」

「一個曾經的夢。」他低聲說，不在乎她是否聽見，迅速掩去那頁。

思婷仔細端詳起眼前男孩的眉目，感到愈發熟悉。

話不多，總寫一些奇怪的東西，無法靜默地承受對視的壓力。思婷發現修培多麼像她少女時候傾慕的對象，有了名姓後，彷彿指印與聲紋對上的暗鎖，一道深密的記憶之門打開了。修培是她國中時期隔壁班的男孩，她之所以凝注與傾慕，全然是他身上的那股超齡的專注。修培是完全忘記她了，但思婷並不感到失望，這對她來說是個新奇的體驗：她好像同時在跟兩個人來往。一個身上帶有過去的回音，而另一位則預告了未來的形影。他對她的認識是新的，而對她，則半新半舊，這其實更好，更迷人。

「那個讓你淋雨的夢？」

「什麼？」

「她是誰？」

他喃喃說：「我很少創造出美好的東西，但她光是出現，就像奇蹟降臨，那太不公平了。」

「你需要好好睡一覺，然後出去走走。」他太急切了，她知道他其實自戀甚過愛人，愛筆下的宇宙更勝世間。她的手忽然貼上他的臉頰，指向黑眼圈，他立刻驚跳著撥開。他的黑眼圈不因失眠，而是夜思的結果。因為，只有在那個時候，他才能如此接近那夢欲的身影。

修培心煩意亂地說：「對，妳可以睡第四個室友的床位。晚安。」

這是他失戀的第一天也是最後一天。

夢醒的時候，首先是筆記本上的塗鴉開始剝落，那不是像《全面啟動》中洪水般淹襲一切的驚醒，而是一塊一塊宛如浴室瓷磚從四面八方逐漸往中心事件被挑起拔除的樣子。看著那些詩句如同直面一個過去的自己，多少令人尷尬與羞恥，但對修培來說，事實上，他很少記得自己寫過的東西，彷彿那不是出自他而是經由他……在語言的國度裡穩泰安坐的主人澈底迷惑了。猶疑取代了篤定，狂喜成了謹慎，長久支撐修培內心的決定性碑柱赫然崩塌，不安的風息吹過焦慮的大廳。面對愛的可能的對象，他第一次感受到了未知，像用他原本鑲嵌在心，已然破碎的朦朧印象派畫作拼湊一個難以捉摸的碎磚拼貼。那是因為，在詩中，在筆下，在想像裡，身為主人擁有的特權便是懂得女神命運的全部，而代價是永遠不會獲得回應的愛。那麼，乞求一個回應的愛的代價又是什麼？

思婷跟他並不同系，他們也沒什麼重疊共選的課堂，再次相遇是借還書的偶然。但那果真是偶然？他不是知道，正是女神落凡的那天有一個女孩從圖書館出走在雨中幾欲展翅？修培不愛圖書館抑斂的靜謐，但這次他在櫃架間選書後，卻悄悄坐下了。透過書緣的天際線望過去（這本平裝書過去有個勤奮的讀者，遇到錯字就用藍筆畫叉在旁邊校正），思婷含著筆端凝神閱讀。他在那且思且望了一個下午，卻是思婷走過來大方加了他的臉書。

幾次聊天下來，修培發現思婷有個奇特的習慣，極少打字，相反地，她會以十秒十秒為單位錄下她的回應、期待、思考或情緒。她認為文字太冰冷，表情貼圖只會誤解她的本意。這讓修培不知所措。經常，他可以越過她的錄音聽往那背後雜沓交錯的聲音，她走在教室廊道的迴響、她在城市路口散步經過穿駛的車流、她獨坐在露天咖啡座眼前來往的人潮……那非但沒有使他失去對她話音的注意，反倒以一種前所未見的方式，顯亮那每一個咬字併隨口腔細緻的液體翻唾所帶來的誘人耐嚼的意義。常常是思婷和他分享眼中所見，彷彿她是修培的第二雙眼，替他提前篩濾提煉了所有美的風景。

修培有時懷疑，他對這女孩的情感，確實是愛嗎？畢竟，那雖有期待與渴盼，但卻獨缺激情與高燒的狂焰。以往，他的迷戀是如此確定無需他人首肯，但這一次，像一場兩人三腳的遊戲，那第三條腿不專屬任何一人，可是卻同時共享一個新的方向。他沒想到的是，他之不感到愛，也許是因為他正在愛之中。是因為第一次愛上除了自己之外的人，也第一次發現異性。某方面他深信，在離開伊甸園後，行走於漫漠無底的演化的路跡上，她必然是離開了身邊那一臉憨懵的雄猿，信步閒庭地走了開去，有了一場祕密的冒險。等她回來的時候，像一切都沒發生過，他倆繼續走了下去。但變化已然產生。

這或許是他在第一次約會時，選擇電影院作為掩護的原因。它如此慷慨，既供給戀人一種曖昧含蓄的靠近，末後還生產一個共有的話題給他們談論。修培面臨的問題尷尬地從未經驗過，那或者就是交談。畢竟，他的上一個情人不待開口便能回應，無須眼神就心靈相通。他們走出影院，兩人異常靜默下來，沒有人開口，彷彿身體還冒著被影像點亮的餘光。

修培突然對思婷說，他很喜歡「日光夜景」這個概念。對他而言，這並非單指導演為了某些成本或環境考量而採用的策略。它應該是一個隱喻，指向電影這個魔術裝置最勾魂攝魄的核心：日以作夜，煉鐵成金，築沙為樓。他說，他會夢想這是座永夜的城市，所有的電影院都只播放老電影，每一個新的明天只會是一個新的夜晚，他們會在這樣空曠寧謐，高反差打光的城市裡往來遊憩。這時，思婷的手一伸，將他從街心拉向路邊，避開了魯莽馳過的騎士。修培對世界似乎有某種遲鈍的反應模式，他內心的形上風景是如此無邊而有序，以至於外部那個雜沓無序的現實相形失色。彼時思婷的感覺只對了一半：修培的確有他獨特的專注，但那是來自於對現世的分心。

那一天，修培抵達圖書館外頭，尋找熟悉的線條。在他眼裡，思婷的身後總好像有什麼拖曳著，宛如水彩勻開拉長的筆觸或一道雲霧稀疏的髮尾，但如今卻不見蹤影，修培心裡有一絲彷如弦線被輕撥的焦急。良久，他在館外的落地窗看見一幅樹影與天空與書架的景致。思婷在玻璃窗鏡上淡淡浮現的樣子宛若她靈魂的剪影，淺淺的線條拉出透明精緻的身廓。她注意到修培，高興地敲敲玻璃，不嫌髒地把嘴唇印在透明的空無中，那唇印彷彿柴郡貓狡黠而漂浮的微笑，他害羞著才沒回應似的把唇回貼上去。她消失了，然後又出現在同一片風景，只是這一次更為接近。修培看著她今天的穿著，露肩的小洋裝，畫了一些妝，像是某種語言的換喻法，她光裸圓潤的肩頭彷彿是對胸乳的欲言又止，搽上口紅的唇瓣似乎別有深意地影射私處。

那個夜晚，濃重的暗示凝滯在空中，宛如澆鑄在他們身上火熱的油膏。回到修培無人的房間，他倆無所可言，思婷看著修培的眼神，讓他知道那是多麼不容拒絕。她伸出手指，觸摸他的臂肘（天啊，瞧瞧那纖薄細長的指尖，上帝碰觸亞當的手指也不過如此了，他內心大喊），湊上前去。他吻得稚拙，鼻碰鼻，比較像兩個愛斯基摩人在打招呼而不是相吻。他撫觸她的身體，首先發現自己變成兩個人，一個存在一個缺席，是他第四位室友的簡便分身。他將手放入被單下的夜色中，有時摸到一隻胳膊，有時是一邊的乳房，然後是胳膊、肩背、胳膊，翻湧著腿胯、腰身，嘗知了乳蒂與陰核。被單下的世界被撐得很大，宛如她的羽翼支起的棚頂，她身上微渺細顫的毛髮就是披綴的絨羽。組裝著這些器官，彷彿他在發現一具新的身體，或這具身體仰賴他摸取到的部分而生，表面上，那身體的描畫依照他的想像，但又何妨說，這全憑她有意的湊近或斂合所促成的一種迷宮般的遊戲。世界不曾如此現實，意思是，他因為長久活在夢幻而第一次領受了現實。夢是他的現實生活，而如今這個迎襲而來的現實只能被體驗為夢幻。於是他貪望更多，像一個孩子徒勞地抓取舟筏下游梭的魚群，而所有的魚群全都成了發光的遠點，無法撈獲但周身帶電。

他的第一次並不持久。思婷在高潮的剎那迎上他迷亂的眼光，發現修培在射精的瞬間退化成一個男孩。他不知道他做得對不對，做得好不好，也不知道她高潮了沒有，甚至，他一點也不知道自己究竟從中是否得到比自慰更大的歡愉。她馬上明白，對於那性的前景，所有的想像，於他而言，都是某種歪斜的天平，比之他的朋友，他無從比較，無從在上個女孩和下個女孩的轉手之間，藉由她們的表現（美麗的程度，腿開的角度，騷浪的表演）來以之評審他們所獲得的愉悅的峰值。現在，她覺得那男孩看起來可憐兮兮的。撫抱她，埋在她的乳間，慢慢褪出，也許感到精液與萎癟的陰莖開始形成反差的重量。她在那張臉上發現到一處塵封多年不為人知的遺跡。

他們的愛情走到一個節點，是在寢室的四人分住校園外的租賃套房之後。

思婷開始責怪他的心不在焉。但你又怎能苛責並期待，在那麼多年以來被填滿的內心一夕之間清空，那裡還會剩下多少東西？修培的愛從一而終，未曾熟落。長久以來，他要的那麼多，或者可以說，他自是地給了那麼多，哪還有什麼剩餘？他們在街亭邊的小販裡試圖釐清，半殘的飯菜涼冷一如餿水。思婷抱怨，我從來不知道你在想什麼。修培納悶，難道我不是把我所知與所看的一切都和你分享了嗎？但也許，最令人恐懼的實情是，他分心的剎那，實則什麼也沒想。思婷說，跟你在一起太累了，我好疲倦，我常常找不到你人在哪。他沒回話。清潔婦無視他們拾掇碗盤，宛如提前代替他們下了決定，然後一把擦去他們的青春，那些花漾笑語於是被投入汙水桶中與拖把共旋成含金帶沙的一團泥坑。也許這樣的愛與過往並無不同，都是從幻覺中誕生的異卵，孵化出誘使人耽溺的鴆毒。

世事有如一本掉入鏡中的書，右書橫寫過來。思婷離去一如出現。修培重回了那片相思林，卻等不到另一場大雨，而他意外地發現他的室友全都有了生命的去處。秉堯性情居然收斂起來，他聽他喃喃自懺，為了將來，為了他的小女兒，他輝煌亮堂的性冒險將告一個段落，他的戒欲不知該說是唯恐報應，還是搞大別人肚子兼找到真愛。而凱翰，早已休學準備在校園周邊營運加盟的連鎖桌遊店。

修培應邀來到初初裝潢的店址，他看著凱翰在那染沐著柔和的陽光，打理得十分清潔明淨的空間，搬動桌椅，鋪上米白的絨布桌巾，擺上水杯，拿出一盒桌遊，一一挑揀出那些木製小方塊、紙板與小人偶型的米寶，洗牌，然後，拉著他介紹。凱翰看著他，無比認真地說：「我希望每個人都能有一盒他最愛的遊戲，與他所愛的人分享。」他手指處，一盒一盒精緻裝封的遊戲，那些遠在異國的地名：《倫敦》、《卡卡頌》、《勃艮地》、《馬尼拉》、《波多黎各》、《奧爾良》、《勒阿弗》、《橫濱》、《東海道》，隨著他指端掃過的虛線最後消失的一道弧光，完成了一趟環球旅行。這就是他的夢想了。

在那個明淨鋆亮的房間，修培感覺虛幻而寧靜，「一遇下雨我就發瘋，」他彷彿聽見她說：「我忍不住在雨中的那種狂喜。」一模糊中，像來時一樣，一陣焚風拂過，靜電環身，不同的是，四周開始靜止下來，夜晚漸涼漸漫長，修培知道，這次，不會再有一個身影爛漫走來。也許人們都必須醒來兩次，一次夢中，一次現實。從現實中醒來，那夢幻逐漸遠褪，另一層使人惶惑的深霧濛濛地披依上來，徒留哀惜與傷挫的情感。他要恆久感受那種孤獨，在他後來長長的一生裡。他將無法忘記那第一個讓他進入的女孩，不對，是第一個進入他的女孩。他會在眾人間穿繞行走，拖帶夢的餘燼，按照人類社交的演化重拾微笑，迎合對話。之後便不再有言語。

對他來說，那時，整個世界將如此陷入一種讓人受傷的沉默。

夢浮橋

我不知道後來竟會無法輕易數算地，通過那座橋面。兩旁晴朗時看得見那切剖過平原的大河支流的河床，下起冷雨時，霧氣浮渺，簇捧著那座新蓋，漆上紅色的大橋，彷彿科幻片裡空浮的停機坪。

第一次到達Y鎮的時候，是那座火紅的新橋紋烙在往後的回憶裡。陽光灑落，那座橋的漆面顯得油滑透亮，好像流動的血。

那時候，母親逝世不久，我來到陌生的Y鎮償還因攻讀學位不斷延擱後推的役期。分發前夕，與我共乘分派車輛到對應縣市的同梯弟兄，央求我把選中的服役地點S鎮換給他，好讓其能就近照顧年事已高的外婆。彼時，我既無歸處，那也無所謂回鄉的距離了，遂應允了他。

在寢宿的鏡前，我穿上消防單位特有的紅色替代役上衣，版型鬆大的制服褲，一雙扎腳廉價的公發皮鞋。皮帶將我上紅下黑的切分開來，有如一道新剢待癒的傷口。

我的內部成了一個巨大淵闊的黑洞，外部，是遠隔像是銀河星團般，由人們所構成的潮浪的渦眼，身處其間，抽拔掉所知所覺，常常一回首，才發現別人臉有慍責之色的正與我對話，或明明需要深刻揣記的代辦任務，少做了一樣。

母親的死之於這座新抵的城鎮，毫無關聯——諷刺地說，那甚至不能作為減抵役期的喪假（根據條例，服役期間直系尊親屬如父母逝世，可核給達十五日的假別）。唯一能聯繫兩者的，僅有恆駐在一個名為「我」的東西裡，那股揮之不去的深幽的孤獨。就像羅蘭巴特說的，那個世界的中心，不起迴響，也沒有什麼事物形成結晶。

二〇一八年十一月十六日

Y鎮消防隊的分隊長以年長之人鏡框微微下斜的方式審視文件，沉吟默誦著K的來歷。他的文科生身分當然和這樣的地方無關。他也不期待有關。之後的時光，他與那二十多位的隊員與役男輪班共同起居。採買早午晚餐。檢整救護車配備，添補用罄的紗布、透氣膠帶、彈繃與生理食鹽水，判測血壓機、血氧機、血糖機與耳溫槍的電量，看看攜帶型氧氣瓶與車內氧氣瓶的儲氣量的多寡，將救護紀錄表夾上寫字板。掃拖環境。晾曬水帶。出勤救護。倒垃圾。有時候值班，坐在櫃檯，等候災厄發生。從電腦端接受派遣令（電腦會自動列印出事發位置，傷病患之情況與派遣車輛數目等等資訊之紙張）、接聽勤指中心撥來的電話聆記報案細節，以及清楚知道當時段備勤之救護人員是誰並呼叫其出勤。

初來之際，他是那麼緊張與這一切如膜層般隔離，時常反應不及而在他們的責怨中愣訝自恥不已。

二〇一八年十二月十日

有一天，我看見空餘的寫字板上沒有那粉色的救護紀錄表，便撕下連同複寫紙的表單夾上。午後，救護車橫越那座新橋，我隨同出勤將病患送往急診室後，忽然聽見隊員罵罵咧咧地幹譙著哪個白癡夾上紀錄表時少夾了一張，害得他要重謄一遍。那時我方得知，救護紀錄一式乃是三份，一份留供醫院存檔，一份至指揮中心，一份消防單位自存。紅黃白三色各一。我嘴上噤默，心下惘然。我想及的是，也許我已然曉得我所要書寫的，是關於什麼樣的故事了。

之於內外那讓我的胸肺乾涸急喘的世界的模態，我渴望以書寫抵禦那無法為之命名的悲傷，一面寫下回憶，一面著述故事。我用手機在這些零碎如沙金的時間段落裡，在救護隊員與傷病患汗濕的側臉暗影與茫然恍惚的，對生命掙扎攀抓的喘息、越渡死亡深水靜流的冥淵時，艱難地刻下那個有待成形的故事，代號K的少年。是卡夫卡的K，是菲利浦．K．狄克的K。那麼孤寂，像在一間密室裡打造一幢大廈，像在一個玻璃罩內培養一整個文明。

二〇一八年十二月十日

K有兩個自己。兩個他並不使K感到特別偉大或是卑微，兩個他並非倍增的K，也非各半的K，毋寧說，兩個K仍是K，只是有過兩種版本的他。姑且稱第一個K為K1，第二個K為K2。雖然毫無新意，那也是沒辦法的事，這從K平凡的臉貌與身世便能看出。

K不知道是他通過這座城鎮，或是這座城鎮通過他。於他而言，Y鎮的幅員彷彿是由那古老的獨裁者與建國者命名的兩條路面一點一滴蛛網般吞吐生長出來的。

K1覺得這座小鎮像是墨染的筆跡，那濃稀逐次岔疏的筆觸朝著遠方消失；K2則以不可能的全景目光，收攝鎮裡的每一道風景，每一處角落，這一切對他來說，都似曾相識。Déjà vu。

事情是怎麼發生的呢？也許是當他遠離消防分隊騎往市內置辦衛生紙、文具、乾電池或買飯的時候，從某一陌生的路口走岔了，從此宇宙分裂開來。當K無數次在救護車或機車上駛過那座火紅的橋，他便有種可怕的錯覺，理智與思緒開始衰滅，大腦過載如矽晶片熾熱發燙，一道道迴路翻翹滋燃，散熱扇葉來不及疏散那些濃密的黑煙，如果遠遠看去，也許會發現他的頭部正閃爍明亮得像一顆燈泡一樣……

但比較可信的是，生命與書寫不知怎地以一種無人可知的方式超常地共振起來，成為像是複寫紙與其副本的關係。到後來，正如他反夾了救護紀錄表的紙張那樣，弄錯了兩者的順序，上下對倒。他的書寫無限膨脹蔓長，而生命本身並沒有如實的謄錄那些訊息與符號。於是，兩個版本，兩種疊錯的人生：一個，錯把複寫紙副本疊壓在上；另一個，錯把副本抽撤收掉，最後事態成了隨時隨地都發生既視感，與隨時隨地都遺忘了已到來的兩個K。

記得的全不是自己的，與記得的全數遺丟在沿路的轉彎路口。

這會是另類版本的說謊村與誠實村嗎？

那個經典的謎題是這樣說的：一個旅人要到誠實村拜訪舊友，誠實村的村民必然誠實，說謊村的村民亦必然滿口謊言。那麼，眼前在岔路口的來人，不辨身分，只能問一個問題，要怎麼樣才能去到正確的地方呢？

答案是問他：你住的村莊在哪裡？

記憶，可有相似的謎底？

二〇一八年十二月十二日

夜夢。聲音的浪潮暴漲。在永夜之中放逐，唯聲音可聞。話機驚響。廣播喚名。夢中的景象如地平線被重新描畫，傾斜再傾斜。雙眼酸澀，胃裡尚未消化完全的食物與焦慮。攪動。傾軋。嘴裡的口氣的惡臭。在急晃的救護車廂座，扣緊擔架繫帶，將ＡＥＤ去顫器、ＩＧＥＬ插管包與三合一氧氣組一一呈放。手抓緊冰涼的鐵桿。霧幻的視野與錯閃的燈紅。冷意。

患者，老人，然後是嘔吐物，濃血與稠痰，當然有口涎。真是人類體腔的雜豔之色。我發現我再不能體會其生命掙扎的痛苦了，有的只是麻木。人的同理心畢竟有其極限，過載的時候，它更多不過是在輔助我們旁觀，甚至是饕餮他人的苦難罷了。

夢裡滿是死亡及其意象。

有時不記得夢的內容，只讀得見某種隱約的情緒：被錯讀或誤解的屈辱，被錯待的憤怒，因渴望自由而被拘囚的滯悶。有時是錯亂嫁接的場景，真就是上個片場與下個片場一個鏡頭稍轉便光氛氣味均不同的夢境甬道。消防分局成了一座巨大冷亮的實驗室，或是我在那幾乎是市政大廳的空間裡穿進穿出，與隊員和其他役男擦肩而過的景觀。

往前走，從一個夢境大道走到另一個夢的小徑，一個是過去夢見過造好的布景（心想：「我夢過這裡。」），而眼前的是新落成的設施。

消防局的空間突然拓開得極為寬大，要我說，那幾乎彷彿是一間豪奢的私人病院或實驗室之類的地方。潔亮光白，帶有手術室那種銳利的冰冷。但夢裡我確知它是消防局而非其他地方。一個年紀與我相仿的年輕隊員C莊嚴地允准了他的同僚某一件事。

他對較年長的W哥堅定頷首，W哥溫柔地走到他身旁環住他那在彼刻顯得如此柔脆而女性化的脖頸，朝額間用某器物打了一針或一槍，他便即死去，面色猶有跨度生死之間的一半的笑意。

那凸脹殷紅、額間有一枚細小洞孔的死去的臉，讓我渾身戰慄。隊員們接著開始切割削鋸他的四肢頭顱，這時我才發現原來這空間早已墊上了透明塑膠材質的防水軟墊預備，上頭霎時漫漶開人體的血與腸。腸段與臟器的交歡彷彿C歡愉安詳的獻祭。

後來，我只記得M兄帶我穿繞在那像是靈骨塔又像是替代役隔間公寓的所在。我貪看途經的神龕與槽洞供奉的那些像是演繹地獄變圖或受難圖的神明雕刻，M兄喊喚，宛如要怒懾那追襲的可怕的什麼鬼佛神魔：「不要亂看！」

我心臟像被重擊，上氣不接下氣地醒來。

二〇一八年十二月十五日

持續地不適。

有幾項事實足以確認焦慮暗流仍然隱藏在看似無憂的日常裡：替代役公發的鐵灰色消防役冬褲的褲帶持續鬆餘出空間、指甲恆短，緊縮於甲肉的內緣（故我從不需剪指甲，它們都將在無意識的緊張裡消失）、早上固定排便，但均像是腸胃混攪傾軋後的水便稀屎、頻尿、肩胛與背腰因緊繃而痠疼、腸胃與腰筋相互擠迫（頻尿亦部分源於此）、胸鎖乳突肌主導了僵硬的頸脖、儘管如常飲水，嘴唇仍乾裂刨起殘皮。此刻，身體的存在感從未如此強烈，彷彿精神與生理正進行一場比數懸殊的競搏。

肉體上，我得了厭食症；精神上，我罹患了對文字、對閱讀的暴食。如此強烈，以至於周遭的人們都扁塌平整得沒有一絲縱深，以至於，他們的聲音細如蚊蚋，他們的身形猶如薄紙板道具。

二〇一八年十二月十五日

替代役是這個島國襲自美國的發明，人們否認替代役是兵（因而至影院沒有軍警票，到醫院更沒有醫藥費補助），就像國軍往往遭譏能力只會除草，替代役的功用實則更接近雜役。但國家也沒有說，替代役不是兵。

於是，K變成近於十九世紀英國莊園裡僕役似的角色。戴上一副無害老實的馴順面具。收拾桌具、整掃環境，先行擦抹他們將要踏上的地板，在他們剝卸花生的時候遞過碗盂。完美的僕人是不存在的人。透明的人。與他的瘦癯相仿，像是靈魂披掛在骨架上一樣。

K在聳巨的消防水箱車後布拉水線，插上消防栓，讓那蔽空的大火像播種般在他眼裡落下餘燼。

更多時候，他進出眾多醫院的急診室，推運擔架將傷病的患者送上醫院的床位。有時送本鎮，有時送到鄰鎮的基督教醫院。有些病況特殊，只能往更遠的所在送去。

Y鎮的醫院正巧裝修施工，空間變得很小。沒有地上那些紅藍綠黃的導向線，可能是醫院新裝潢，或是不夠大。總之，當他推開那些夾雜在施工木板的鐵門，找尋一間可以撇尿的廁所時，K往往有自己將被整座醫院吞噬的感覺。這樣分科精嚴的所在，難保不會在他意外地推開某扇門後，發現自己置身的是一間助念室或停屍間，或是病人羞窘地掏翻他們的隱疾，每一個傷口都是一聲尖叫——

在這之間，對他來說，令他最為恐懼的顏色，就是紅色。

血色。服色。橋色。消防栓色。水箱車色。警示燈色。

嗚笛聲音的顏色。

死亡的顏色。

二〇一八年十二月十七日

想起整理母親遺物時的情景。一張母親牽著戴上幼稚園黃色小帽的我的照片。不知道為什麼，我的手彷彿將要離開母親的手的樣子。那張照片的母親好像滿懷歉意地說著「不能再陪你了，真的很對不起！」霎時間，我為這樣愚蠢的想像無可抑制地哭泣起來。我想起母親兒時喚我起床的歌聲，她會頑皮惡戲地騷抓我，唱著：「起床了（ㄌㄧㄠˋ），起床了（ㄌㄧㄠˋ），公雞都在叫——」

童年，本來就含有某種不能命名卻柔暈開來的光影，那在電影裡需要經過濾鏡調色而現實不必的時刻。

我記得，母親把我打理好，戴上黃色小盤帽，背上水壺和書包，擁抱了我，說，第一天上學要乖乖的唷。

我嚷鬧著，我不要去上學，我會怕。

不用怕，撞到人的時候說對不起，接過東西時說謝謝，還有需要什麼也不要忘了說請，這樣就不會怕了！媽媽篤定地看著我。

把世界看得這麼簡單的母親，怎麼會這樣死去了呢？

二〇一八年十二月三十日

進出病院急診室的時候，K1總是遠遠端詳那些女護士，看得心裡一跳一跳地。

戴著湖綠色樹脂手套、罩袍和醫用口罩的護理師們看不見眼目以外的部分，這造成一種錯覺，好像她們均是身材纖孅、髮鬢如霧的美人胚子，裹在那身無菌乾淨的布料裡，等待他掀開一如冷藏專為他保鮮的肉體。

那讓Ｋ１想起他早晨一臉惺忪去取早餐的那個店員。

她戴著口罩，他順著她的眼睛看往耳廓，看往她馴柔的頸際。女孩低頭數算金錢，將早餐裝袋的樣貌，使他想起那種日本藝妓刻意綰髮露出的白皙頸子的美好曲線。

他貪圖那個早餐店女孩——特意記數她上班的時間以在前一晚的分隊群組貼上該店的菜單。特意不預先去電訂餐，寧可早早晨起在繁忙人影裡貪看她那雙美目專注的眼神。無數次想像口罩下那可能的嘴部的線條。他渴望知道她的名字。

那一天，Ｋ１又站在擁擠的早餐店前等待，回想到，原來他是透過氣味記得眼前這個女孩的。

放假的時候，在隔鄰的Ｓ鎮影院看電影。冷門的電影，零散疏落的觀眾——事實上，自坐下後，他只注意到兩排前戴著廟會發放的鴨舌帽的老人，還有斜前方的一對老夫妻似的伴侶而已。他對那對夫妻感到有些羨慕。

電影開演。片頭是時長令人愈益煩悶的政府廣宣、昂貴而念法拗口的外國腕錶、進口房車、長腿纖手的女模，啊，是香水廣告。一陣熟悉的幽香襲來，使Ｋ１一時之間恍然有種置身４ＤＸ影院的錯覺。

K1看見在光亮的銀幕前，一晃而逝的側臉。那張臉在後方投影燈束所倍乘出來的巨大剪影裡，收摺到近前的一張小巧的心型臉。

女孩就坐在他身邊。整場看下來，K1無法專心，被那似有若無的香味勾撓得分神難耐。

有時候K1停下來，凝睇陷在黑暗中她的晦黯臉廓，看見疊染在她臉上與髮隙上的光幻魔術。有幾個瞬刻他看不分明以至於得到的印象乃是那經光線的裁削所獨立露顯出來的臉的局部，用一種他不曾想像過的方式排列著，一如遠星依憑軌道重組的符號。他試圖在這些空洞的符號中填上他所自認的意義，而那是那個女孩永遠不可能得知的。

啪地一聲，裝整滿滿兩紙袋的早餐放到眼前，他不好意思，付了錢轉身即走。他是遲至分隊，才看見菜單背後畫著一隻可愛小蛇所圈畫出的LINE的。

二〇一八年十二月三十日

當K2坦言他已單身近二十五個年頭時，整個消防分隊無不發現至寶似地，鬧著要替他作媒。那一大票與Y鎮鄰坊熟之不能再熟的長輩，了然單身的護士、尋伴的老師，或是哪個猶在深閨的義消的女兒。

學歷照片等簡歷用LINE咻咻傳送後，很快就有匹配的對象了。所以他被迫在放假的午間，呆呆地站在這間中價位的義式料理餐廳門外，等待他未來的新娘。

K2和那個本鎮的國中老師見面，年紀與之相仿，意外地，是張討喜的容貌。女孩子長髮如瀑，一邊在前一邊在後，他看見左邊的耳垂上夾吊著一只蛇形的耳飾——很像救護車上盤蛇節杖的造型——粉紅色的針織長版洋裝，黑色褲襪，有跟的灰色短靴。

他訝然這樣的女孩居然需要人牽線介紹，是因為小鎮那樣較封閉的環境而覓無對象嗎？

他們用LINE相認，K2替女孩開門，由侍者領位點餐。他們在鄰靠玻璃窗看得見街頭的位子坐下來。兩人早已獲知彼此的名字，但還是象徵性地介紹了一番。女孩姑且稱為陽子吧。她交代侍者先上飲品。

像是為了開啟一個窗口，陽子輕聲問：「你在這服役多久了呢？」

「兩個多月有。」

「應該已經習慣了吧？」

「其實沒有，仍是經常性地驚憂著，」他停頓了一下，接著說：「也或許我是怕自己習慣了。」

她顯然有些混淆。

「我會心慌。」

「為什麼呢，」她問得如此拘謹不失禮，使Ｋ２幾乎覺得痛苦起來。

「就是──」Ｋ２尋索詞彙：「很像我的心底有個像浴缸或溫泉木桶的篩子一樣的東西被拔掉了，有什麼不斷的流失，最可怕的是，這種流失的感覺不會停止，那些被流失的什麼依然滿滿地盈溢在我的胸口。」

一陣霧渺遠隔般的沉默。侍者送來咖啡和奶茶。Ｋ２看著女孩優雅地啜了一口咖啡。圈圍住瓷杯的手指纖長，不禁為此恍惚起來。

「你當老師很久了嗎？」

「還好呢，大概三四年吧，我一邊念研究所一邊考教甄哦，」她說：「所以只比你大兩歲而已──說起來，」她話鋒一轉：「我們算是系出同門耶。」

Ｋ２不覺得文學創作組和師範學校怎麼算是系出同門了，但他笑著說：「是啊……」

陽子興致盎然地開始說起如何在課程中融入轉型正義的歷史，同志婚姻的議題，更用網紅搭配時事教學。聽起來是很用心的老師。侍者先後送來兩人的餐點，她拿出一包束口絨布袋，取出環保筷，收起暫時用不到的不鏽鋼製的斜口吸管，說還是用自己的比較安心，也愛地球。

她又喋喋潺潺開始說，她一般不吃這樣的餐廳（但偶爾吃一次倒無妨噢──），她更喜歡一家以輕食無負擔少油少鹽少醣的便當店，雖然較其他店家貴上十到二十塊，但配色豐富，營養均衡，有甘薯、清燙高麗菜與花椰菜、沙拉、溏心蛋、紫米飯、不經油炸的魚肉、嫩雞肉或里肌肉……

Ｋ２突然理解了什麼。他看著她，這麼正確，這麼耀眼，這麼的讓人感覺到，那股無處宣說的寂寞啊。

Ｋ２非常懊悔應允了今日的約會。那陣像是一張巨大的拳握撐闊在心臟的感覺又來了，胃囊裡食物的膏糜蠕竄起來，他忽然有一種感覺，很想吞下眼前的杯盞，或是拿起叉子往腿上筋肉綳結之處插下。

「希望我沒讓你覺得無聊……」她停下她的話頭，Ｋ２趕忙像旋打方向盤避開來車似地接口：「沒有——我只是在想你說的事情……」然而內心卻正呻吟：「不，妳不無聊，妳只是讓宇宙往毀滅的方向跨了一大步而已。」

外頭的樹影在她臉上篩動。

「這是《挪威的森林》？」陽子指著旁邊他等待時所帶的上冊。

「這是第三遍重讀了。」

「哇——」她雙眼圓睜，「我看過一半，但不知道為什麼，到第二冊就看不下去了，可能是沒抓到那個點嗎，我覺得不知道它到底想說的是什麼耶，怎麼說呢，好像有點散亂的情節……現在還堆在我家的書櫃裡，我這樣說你不要覺得我膚淺喔。」

但Ｋ２突然覺得她那副困惑的樣子可愛極了。他立時有一股想即刻掀翻桌椅，脫下她的衣服與她性交的欲望。

她繼續說著她班上的哪個孩子的事。

「我們去哪裡走走吧。」她突然說道。

這時Ｋ２才驚覺他們飲料各自都已喝完，甜點也都吃得差不多了，算一算，過了一個多小時了，只是絕大部分是她的聲音而已。但Ｋ２的陰莖燒得好硬好挺，抵在左側大腿之間，頗不舒服，為了掩飾尷尬，他說：「我們再坐一下吧。」

她好像很驚訝。

漫漫沉默逐漸像是凍築浮結的冰層成型覆蓋，橫亙在兩人之間。Ｋ２內心有些焦急，卻又說不出話來。他覺得自己像極了被樹脂環覆的蠅蚋，無從抵禦那膠黏吞沒他的稠質，最後轉為金色的時間琥珀……

「我跟妳說一個故事。」

二〇一九年一月一日

甫新年的凌晨，出勤依然。那幾天都是不止的冷雨。

我喜歡雨中的店招灑落在濕地上的光色，即便招牌如此醜陋，在那一刻，彷彿也能是美麗的。

黝暗的夜色中，光亮的加油站成為這片黑暗中唯一浮上的島嶼。藍、紅、紫錯織的顏色，是消防車與救護車的璀璨閃燈，在深暗的夜裡，流染周旁道路的鐵門與金屬隔柵，像現實中突然翻露出異世界影影綽綽的蹤跡，潛隱在表象下的狂豔本質。

慄骨的冰冷。光蛇游竄。

有一雙眼在看著，凝視著。如影隨形。

到了現場，老人在兒孫的圍繞裡歪坐在座位上，意識模糊，話語呢喃。我和另兩位大哥花了好大的力氣才把他放妥在擔架上。老人失禁了，起碼該換過褲子才好送院。

那時候，老人的陰莖像是嬰孩那般包皮厚裹著龜頭的某種小小果蒂，縮皺著。失智的他氣力衰窘地想要拉起他那因失禁濡濕而被家人強行脫下的暗藍色棉褲。那麼無尊嚴。那麼像小小孩無抵抗能力地卑微撒歡著。

我無法別開眼，忍不住，著迷地直盯那枚小小的陰莖看，那讓我想起猶是孩稚的自己在母親懷中舒服地洩尿或勃起的時光。老人身上的陰柔特質，讓他像極了小男孩抵賴撒嬌著。

我為這種接近於戀童的恥目窺看，感到慚愆。

二〇一九年一月五日

每天，K1為消防隊員們買飯的時候，他們習慣以他物來指涉此物——就是那座廟拐彎後再拐彎的檳榔攤旁、那沿著五金行下去左轉到底右轉就看到了，或是你呢，就從那間超商，Y路的那間超商你知道吧？它對面的邊角小巷，那間店沒有招牌，但應該找得到……那反倒不如 google map 來得快捷清晰。

他想，城鎮不是一點一滴由他腳下這台一一九暗紅色的機車輪胎所軋成的，而是當他開始把城鎮當作拼圖，一塊一塊地追回其原本的樣貌之後，城鎮便又像一道海嘯回襲，一剎那間就把他侵吞下去。

每天都是令人絕望的新的開始，重新掌握與人的相處分寸，重新數記路口與路口的標誌，重新，學習他曾經被教導而如今零星遺忘的值班細節（如何指派隊員出勤、如何報講無線電、如何，在值班不能離開報案電話旁與到外頭收拾水帶的衝突指令中，選擇較優先緊急的那個……）。

因此放假如此令人感到舒心，像從深海返回陽光照耀的海面似的。

K1看見早餐店女孩，心裡瞬即像是擦亮的火柴棒，逆蝕的光影侵沒了她的輪廓，使她那裸白的手看上去幾乎較原來更為窄細了不少，很像白骨。

對K1來說，她並非他夢中的女孩。但他真正想說的是，她是他夢想不到的女孩，以前沒有，以後也不會有——

你很美。

我聽很多人這麼說過。

你沒聽清楚，我是說，你很美。

我知道。你第三次來的時候我就知道了。

什麼意思？

你第一次打電話，人才出現。但之後，你到現場點餐，坐著等。你知道我們生意很好。還有，你不要以為在電影院黑漆漆一片直盯著人看，就不會被發現——

抱歉——

但我喜歡你貪婪的眼神。對那時的我來說，那幾乎是身旁唯一活著的東西——

是因為這樣，妳才帶我來此嗎——

你猜不到的——

K1害怕他對她的好感，或對任何親近於他的女性的好感，僅僅出自於一種需要，第一眼便注定他是為愛而不是為人的渴望。

那些話開始得斷續而失落，像是告解，而非告白——

我是灰燼，是破滅的浮泡。被取消了樹影的花園，井底乾涸一片。與世界生疏，像透過一扇窗戶看待世界。

人們使我生病。

我發現我記不起來太多事……只剩卜媽媽的故去……那讓我心中最後一點有關愛的東西，都消逝了。你能想像嗎，一個總是被愛著的人，被寵縱溺愛的人，最後因此而沒有一點愛人的能力……我只想愛人，我愛妳。

不，你才不想呢。

我欲望妳，自妳的額頭之間烤火，被妳引燃，妳不懂嗎，妳怎麼能以火來澆滅火呢？我不是火，也不是你想像裡那個你早已準備要愛的人。你說要去愛，不過是想被愛。她的表情。

K1說，不要推開我。

K1說，只是聊聊天嘛。這時他反倒像醉漢似，色瞇瞇地撒賴了。她說，我不想當免費的心理醫師。K1說，只是聊聊，我再也不會要求更多了。她說，那你不如把我當妓女，起碼事後我可以擦掉你的精液。

她又說，你一定沒談過戀愛，你知道一見面就想與人深交比起一見面就掏出陰莖還讓人噁心嗎——

Psychic，psychic，你知道在消防隊我們怎麼稱呼你這種人嗎，就是 psychic，但他們從來不知道這個字的詞源，Psyche，賽姬，比維納斯還美的女人，讓邱比特深愛而讓他的母親維納斯嫉妒不已的女人。我要叫妳 Psyche。

Psyche 像貓一樣的明眸，閃爍了一下。彷彿一尊神祇正盯視祂所創造出來的物種所做出的種種愚行。

Psyche 說，那麼，你不能靠近我。她說——像上帝在立約——我們不會有愛，不會有性，你明白嗎？

那有什麼？

反正是別樣東西。

噢——

那時，K 1 並不曉得對她許下的承諾的代價，他說：我答應妳。

二〇一九年一月五日

午後的陽光開始偏斜，K 2 說起他的回憶。

「妳知道，我剛來這座城鎮的時候，覺得一切彷彿都經歷過。」

「你以前來過？」

「不是，是有一種幻覺似的強烈預感，這個路口我經過，這個人下一秒將會橫過馬路、我們坐在這裡談話，外面的樹蔭摻著陽光透過來、這種燈照、這種光影，我好像全都見過……」

「噢……」

「非常強烈，連續不斷的預感，很像眼皮直跳那種揮之不去的狀態，妳懂嗎？」

K2看向陽子。她遲疑地點點頭。

「我彷彿已經住在這裡很久很久了……我覺得，我好像會這樣一直居住下去，直到老死，」K2停頓了一下，繼續說：「在這裡結婚，在這裡播種，在這裡身體腐爛，直到被推入鎮內公墓掩埋……」

「對不起，你是說，雖然你沒來過，但卻有一種很像相似的錯覺嗎？」

K2點點頭。

「真的嗎？」像超出陽子的經驗範疇，她噘起小巧精緻的唇，說：「嘿，這不是什麼撩妹招式吧？太老哏了，賈寶玉都用過，這妹妹我曾見過的——」

K失笑。這是他第一次真正的微笑。

「很不可思議耶，你確定、你以前沒有來過這裡，跟一個很像我的女生談話之類的嗎？」

「我不敢確定，」K2回答，「也或許你是對的，我曾經來過，或在別的什麼時空來過，只是我忘記了。」

「你弄得我都亂掉啦……」陽子吐吐舌。

K2搖搖頭：「沒關係，我自己也沒搞懂過。」

K2看向窗外，有一陣子，等待那像隨著月色盈虧般漲退的強烈預感消失。

「你說要講一個故事？」陽子輕輕點醒他。

「抱歉，我失神了，」K2回頭看她，抓了抓如今還像是短髭的頭髮，「對，一個故事……」

二〇一九年一月九日

我回想起那時剛畢業，在靜謐的圖書館翻揀書籍時，父親少見地突然來電。他說，妳媽說她吞了安眠藥，你回去看看。一陣冰冷的恐懼當頭罩下，我趕快撥電給母親，她要我不必擔心，她只是要睡了，吞了三顆，要我繼續做我的事。

「要睡了」，這是隱喻還是現實？母親在哄騙我還是在暗示我？我是否該立刻回去，又覺得好像小題大作（母親此前便有過幾次類似的狀態）。我非常羞恥地，打開瀏覽器，查閱安眠藥的致死劑量。上面說，當代的安眠藥不會致死，甚至早在你吞下足夠的分量後，你便會全數嘔出，比吞下一整盒普拿疼的後果還輕微……

母親長久地陷入睡眠，有時候拖著腳步在家中晃盪，無意識地吃食，我看著她這幾年身體逐漸歪垮臃肥。不動的身體，裹在棉被裡像是床上兀自起伏的繭蛹。

總不禁困惑著，誰是她的王子，要等到何時才有破繭的美麗？等待。

有時候，我覺得我只是在等待「等待」本身而已。像我在消防單位滑著手機或前後翻閱書本不定的頁碼，等待垃圾車將至的時域，再下樓到路邊進行真正的等待……

我發現我從很久以前就預備好面對失去母親的喪殤了——好像一直以來，我都在等待那個將我推至那注定的，死亡倒數的範圍似的。

但到頭來，事情真正發生的時候，一切又都像是未曾預料的突然。

這些字啊，相形之下如此無骨而柔弱。不能鎮抑那內心無處宣發的氣旋。當我力氣不夠，把消防器材摔跌在地，或反應不及地沉浸在書頁裡，往往被趕著去做事，消防隊員像是受不了似的，嘲喊：「要主動幫忙啊，難道在家你是獨子嗎，大家都要奉侍你？」

我突然有股衝動，想把手上那根射水瞄子往他臉上砸去，大喊：「比那還糟，我是孤兒了你不明白嗎！」

二〇一九年一月十五日

他們像一對戀人走逛遊街，順著 Psyche 纖白的手指之處看去，彷彿有光，原來是她手上的腕飾。

他給 Psyche 看他的母親。

你和你母親很像，她說，娃娃臉，神色間都有點憂鬱，好像兩種相反的年齡在同一張臉上競爭。

那晚，Psyche 在氣溫寒濕的夜裡，脫得只剩一條內褲，亦命令 K1 脫下外衣，只剩內褲。

她的指緣摩挲撫觸他胯間的布料，那裡一片滾燙。

也唯有她看出 K1 的軟弱。

妳完全不在我想像的邊際……K1 說，一個早餐店的女孩，一頭盤起來的髮，戴著口罩忙碌在各式各樣的中西式早餐裡——

為什麼不隱藏呢，如果能讓世人低估我們，何苦為了顯露犧牲自由？

她讓 K1 細看那紋在左腹延伸至左背的刺青。美杜莎，不是那種印象裡蛇髮張牙舞爪狂亂蔓生的美豔女人，那些蛇彷彿在吞吃彼此似的，糾纏迴繞，女人的眼顯得哀傷，一點也沒有那讓人石化的驚悚視線，反而使人想著迷不已地恆久盯視著那樣的雙眼。

她繼續撫按那幾乎要透抵內褲布料下的陰莖，Ｋ１艱難得維持不動的姿勢，他可以感受到那飽脹的欲火如何催生那些細膩張狂的感官：夾入包皮內的陰毛、翻摺露出部分龜頭的陰莖、綳痛的睪丸卵袋、內褲咬肉的不適……

我知道，欲望是很痛的，她說，像尿道炎，像攝護腺肥大。

她的一隻手指抵住Ｋ１的唇，但當你忍耐到極限的時候，它會很爽。

Psyche現在用她那雙如瓷般滑潤的足踝輕推Ｋ１的性器。

你看，立約禁忌之後，你是否對我更為欲望了呢。好像一種欲望的遊戲，我立下規則，你遵守，然後打破它。

那麼，什麼時候，所有規則會被打破呢？

她噤默不語，顯得有些哀傷。

Ｋ１接著說，我們以後再想吧。

過了一會，她說：會想做愛嗎？

很想，想得不得了。

對我也是嗎？

當然。

但不可以。我們有約在先。

我知道。

怪可憐的，我用手幫你吧。

K1沒幾下便射精了。她幫他擦拭下體。

真的很敏感哪。

K1無言地看著她。

這次要撐久一點喔。

這次她改用嘴巴。很溫暖，寒颼颼的冷空氣裡，只有在她口部的器官是恆溫的，一如他此刻跳動的心臟。

完事後，她說，嘿，陪我看電影吧。

好啊。

他們擁抱著，看一九八六年Leos Carax的《壞血》（*Mauvais sang*），看一九九〇年Hal Hartley的《信任》（*Trust*）。

一切緩慢下來，讓他們兩人匿藏進那延展開來猶如貴金屬一般豪靡的時間流沙中。在那裡面，時間是固態，可感可觸之物。時間站在他們這邊。他們暢飲那飽滿而漾盪著甜美的無聲之歌。

她挪近K1。

我告訴你一件事。

她的樣子諱莫如深，像要吐露一個關於死亡的祕密似的。

好。

就是呀……

頭一歪，她便斷片般睡去了。

二〇一九年一月十五日

「妳剛剛提到《挪威的森林》，」K2說，「我曾有一段時間亦是一點都讀不懂的……」

「過去幾年，我在離家遙遠的北部求學，獨居，不喜歡和人來往，有課就上，沒課的時候，就窩在外宿的地方睡覺，或看整夜的電影，常常頂著厚重的黑眼圈去上課。那時候，我剛從大學的文學創作組畢業，進入到另一所以研究為重的學校去攻讀學位，非常不適應。幾乎不與班上的同學來往。我不曾回答過問題，默默做著深感無用的筆記，下課就返回租賃的套房，上課前才又走到學院。」

陽子頷首。

「我盡量選不起眼的邊角座位上課。有一天，我發現一個女孩子遲到，進了教室，往我旁邊一坐。她此後時常揀我身旁的位置落座，我想不是因為我的關係，而是與我有相同理由——這兒的位置最偏遠。起先我沒怎麼注意，但我們有一門必修、兩門選修都會相遇，我發現，她並非每堂都來，有時候也是到了課間才進來教室。她偶爾會問問我上課的進度，或班上同學報告的次序。接著，我們熟識起來，她常向我借筆記，沒來上課的時候，我替她記下她報告的時間，幫她預拿講義。

「她有來上課的時候，午餐我們便一起吃飯，或是走過校園後門，返回我們各自的住處。這變成某種習慣。」

陽子托著腮靜靜聆聽。

「有一陣子她會神祕的消失，然後什麼也不說，行禮如儀地又上起課來，我其實很納悶她為何不會被退學——」

「是啊，這麼常缺課，還不會被退學，聽起來不大合理，」陽子插嘴：「該不會是誰的千金呀——」

K2兀自訴說：「我問她，她說她偶爾會到男友那去住。除此之外，她沒再說什麼。但我心裡很想問她，我們每天這樣一起修課放課。妳沒來時我替妳記重點筆記，有來的時候，我們走長長的路，在不遠的宿舍岔路分手，各自回家。嘿，我們是什麼關係呢？

為什麼我不能多認識妳一些？但我知道，這樣的問題其實非常僭越，也太自我中心了。」

「你喜歡她？」

「也許。如果習慣一個人就等同喜歡的話。

「她不想說，我也不再問。我們之間什麼都沒有。

「可是，我其實可以感覺一些事困擾她。之後，期末的報告，她寫《挪威的森林》作為主題，有一番詮釋。我突然有個念頭，感到好奇，將那本我從高中後便沒再碰過書重讀。好像若有所悟。又好像沒有。

「有一次，她實在缺席太多堂課，進度很大的落後，我禁不住為她擔心，擅自跑到她的住宿去，房東竟然跟我說，她很久沒回來了。」

「後來呢？在他男友那裡嗎？」

K2 搖搖頭，心想，結局不是很明顯了嗎？

「他們在校園後山上的密林找到她的時候，早已屍僵了。」

陽子說不出話來。

「我們可以走了。」

二〇一九年一月二十二日

聲音裡裝著聲音。手的指節折成蛛足，折成繭苞，折成螺紋般深深下探的無盡的旋梯……

K憐撫那個身體，一手握住她的一隻乳房，感到它在他手中逐漸脹大。K將嘴湊過去把另一隻乳蕾含入口中。他覺得他們之間的溫差，在這樣的熱傳導中，逐漸弭平下來。K探向那個他所夢欲的渡口，那個接駁引渡的所在。

K在溫暖濡濕的包覆中，哭泣不止。

嘿，醒來，醒來吧——

女孩子輕靜地搖著K，他毫無意識。

他最後看見的是，一隻蛇眼在太暗的夢中，彷彿有光。

二〇一九年一月二十二日

這幾日雨下得勤勉，終日不止。

一切像是一場在雨霧環繞中逐步潰解的夢。

我想寫的是命運的岔徑。

感到那些一球一球的文字囊泡，被一張平整的大手按壓平薄，一個個啵的破裂，像是無數的卵剎那間被擠壓弒殺，流著一片橘紅的卵黃之河。

我夢欲著，想把那些無從返回的命運像是切洗一副簇新的紙牌，魔術師一樣，騙過那些追討的亡靈的手。或者有一個聲音，可以如同GPS的女聲，那樣邏輯紊亂的電子迴路，最終愚蠢地反覆提醒我：「如果可能，請迴轉、如果可能，請迴轉……」

我覺得自己像是擁有了可揮霍豪賭的籌碼，卻苦無下注之圈格的賭徒。又或是齒輪軸承五金零件俱全足的精修匠，對著一具被拆得破碎無法嵌合的精密機械戲偶，徒呼負負……

思緒與夢境交纏後，那些景象記得很深，我這才發現自己的甦醒不是因為夢，而是聲音。話機響亮起來，哀號我的名字。

我們趕往現場，是在那座橋上。那真是奇幻的一景。突然之間，周無人車，只有那個機車騎士掀翻在地，機車甩到橋的另一邊。現場大片的血跡。

我真不想這麼說，但那血的色澤妖幻冶麗，幾乎不是印象中真實稠血的暗紅甚至是暗褐的顏色，反倒像是某些B級電影裡調製出來色澤贗俗的假血漿。

一切像是一場潰解的夢。

瓢潑大雨。漆紅的大橋在薄暗的雨霧中，幾乎如同空浮的奈何冥道。

那個年輕人雙目閉上，但嘴角淌血，往兩耳劃開，讓他看起來像是戴著一張歪斜的小丑面具。

我們替他上頸圈，一邊安貼AED去顫器的貼片，一邊CPR。我幫忙將他抬上長背板。一陣忙亂，終於在一片雨水血色中上了救護車。

我非常賣力地按頻率壓胸，救護人員給氧。

那張臉……那張紅色的死亡的面具……

救護車嗚笛呼嘯過新橋，駛往另一頭的醫院。

忽然，像腹語術似的，他說：「有沒有一絲可能……你承認你就是我，我就是你？」

「不要說話，你不可能說話的。」（沒有人能在這樣的昏迷裡喃喃自語）我的汗水沿著鏡框旋落到那個年輕人嘔湧出的新血之中。我使勁按壓他的胸骨，幾欲斷折。天啊，他好瘦。肋骨瘦稜的觸感讓我在心底直打哆嗦，恨不得救護車立即到院，或他便這樣即刻死去。

我們的身體皆沾有雨水的濕氣。他低喃，聲質敗裂，如沙簇沾染傷口般令人疼痛：「你還不懂嗎？我們是電影中正反打鏡頭所縫合的凝望，那永不在同一個場景的斷裂。」

救護車的嗚聲在時間中暫慢下來，拉長拓寬成有如清晨的輪船那霧笛一般的嚎吟。

我看著那個有我的臉的男孩，有我母親的臉的男孩。

他的衣服鮮亮分不清血液還是顏彩的赤紅一如我的制服，左胸上繡有K的名姓。

也許死亡令人驚駭，但並不缺乏美麗。

他是K1還是K2？

他完全不像我。

他就是我。

我是K3嗎？

肉體之重。

K3受恩於那屍體太多太深了。

當然了，他是K3的傷口，從遠方奔赴而來，與我會合。

聲韻學

候診間像假日的咖啡店一樣擁擠，哇哇吵鬧的嬰幼兒，一臉魚相空茫表情的大嬸歐巴桑，還有一位會讓男人的眼神順沿那樣美麗的弧度縱肆留戀，有著一雙修直美腿的OL小姐。

均翔與涵寧坐在新潔白淨的棉麻沙發上等待。涵寧仰躺著閉目假寐。比起她，均翔顯得更為焦慮。他抽起一旁的音響雜誌隨意翻看，裡面除了介紹些發燒友對線材與擴大機的建議，也有針對新出的藍光電影的點評，他便只針對這部分讀。但那些不論是藝術類電影或商業片包括音效、特效乃至於劇情的評論，總像是用一把量尺似的星等在評級，讓均翔非常疑惑，最後他發現他只是盯著那些電影的截圖翻看著。

「喂，」涵寧一手按住均翔的手對他說：「你在做什麼？」

那帶來一陣溫潤的掌心令均翔吃驚，他才發現他幾乎把雜誌當成連環圖畫那樣一頁一頁速翻起來。

「沒什麼好擔心的。」她認真地說。涵寧的眼睛看過去，瞳仁彷彿混血兒般有著放射狀的淺褐鑲邊，臉上有淡淡的雀斑。面色憔悴而堅毅。

「妳還好嗎？」

「很好，跟平時一樣好，你才是呢，你還好吧？」

「不好，我覺得這裡很熱，很窒息，」均翔拉了拉襯衫的衣領，說：「我討厭醫院的那種無菌感、疏離感，怎麼一個地方可以讓人覺得又冷又熱呢……我需要透透氣。」

「別傻了，這裡的空調冷得北極熊都會打噴嚏。」

他們尷尬地靜默下來，嬰兒嚎鬧的聲音歇止了。均翔一邊雙腳點地，一邊對著眼前的一張子宮剖面圖背數那些器官與腔室的位置與名稱。暗紅、粉紅、青藍與銘黃，這就是我旁邊那個女孩子體內的顏色了嗎？他想，這樣的身體要被伸入一隻不知道什麼的器械，做吸宮術，或鉗刮術嗎？均翔與一般男孩一樣，不是例外，他想像過女孩子的肉體，想像她們身軀的輕盈，想像她們柔軟坦白展開如海芋花的姿體。

在那些暗夜裡，均翔會一邊想像剝脫涵寧的衣衫，解開她內衣的銀扣後，輕撫她的乳房一邊自慰。

均翔從沒見過涵寧的裸體，應該說，他不曾真正親眼見過女孩子褪落衣物的身體，因此，除了臉孔手腳之外的部分，只能是一片令人激奮的空白。他在那塊空白上作畫，她的乳房（在想像裡）不大，小小地顫動，極為溫暖。她的鎖骨與胸鎖乳突肌形成美好的銳角。她側躺時洩落的髮，一半掩住胸廓，一半堆伏在琵琶骨上。腰臀有她獨特的線條，收在兩片浮出的髖骨上，與恥骨形成兩道下陷的清淺的河床。

她的下體會閃著潤美的水澤，均翔會想像含吮逗弄她精緻的耳垂（我會觸感到她的耳洞嗎？我能在黑暗中看到她耳廓上像深海底棲生物所發出螢光般的絨毛嗎？還有她頸後因戰慄與興奮立起的疙瘩？他暗想），輕吻她的肩側，臂膀，胸緣，乳暈，腹肋，陰毛，而至她的陰蒂。她會顫抖輕啜，在他懷裡蜷伏。他們會在水荇荇草積聚的湖面翻身旋起，全身湧溢著水體。他們就是水。涵寧是水神，而均翔是被澆灌的浮生植物……但她的身體，始終都像是變幻莫測的沙丘，在衣飾裙褲的嬗換間，掩映蔽目，而她中間的某個均翔無以碰觸的蕊心則一直一直地，成為他乾渴尋覓的綠洲……

然而他不曾想像過比之更深入的內裡，在那個女孩的器官腔室裡，竟有個允准受精卵著床的盆地，那裡有五顏六色的絢麗臟器，在停止那令人蹙眉的月潮後，靜謐的所在，背叛似的，開始另一輪生命的運轉。這時候均翔才想到，她既不是沙丘，也不是綠洲。她是一個活生生的二十歲女孩。肚子裡有另一個活生生的小生命，像一個簡易的俄羅斯套娃。

「你知道，那天，我看到一篇文章描述患有先天性心臟瓣膜缺損的嬰兒，那個醫生形容的好美，」均翔對涵寧說：「他說要針對嬰兒做這樣的手術風險極大，高致死率，因為嬰兒的心臟瓣膜，跟蜻蜓的翅膀一樣薄——」

「我其實一點都不喜歡小孩，你不要看我每天到安親班打工，」涵寧臉上閃過一絲陰翳，像有一隻烏鴉短暫飛掠：「也許你會以為，是他們太吵，太皮，根本都是小惡魔而不是大家總是喜歡說的小天使……但我反而覺得，小孩子正因為這樣，正因為他們的從不害怕還有那有時候看起來很殘忍的天真，讓他們顯得太精緻太漂亮……那讓我覺得，很怕他們就這樣碎掉了。」

「噢。我對小孩……」均翔抱歉似地回應：「……也是一點辦法也沒有。」

「你根本和他們處不來吧。」涵寧笑著睛了均翔一眼，幾乎使他暈眩。

「嘿，你回去記得借我聲韻學的筆記喔，那門課真的是……唉，不是我不想去上，是我一去上就想睡，那我不如在宿舍睡……當然啦，你得花點時間教我一下，我實在對那些什麼『東』是『德紅切』什麼鬼的一點也搞不懂。」

「你至少知道東是德紅切啊，」均翔笑出聲來，她瞪了他一眼。

「反正啊，你只要把聲韻化成元音和輔音，就跟ㄅㄆㄇ有三個符號一樣，拼音法最多就是四個符號，弄懂它們之間的關係，譬如安靜的安，注音是ㄢ，寫成拼音是 a、n……」

他教她如何將那些唇齒音、雙唇音與塞擦音對應上不同的聲母，聲帶顫動的清與濁，氣流通過口舌之間的送氣與不送氣，然後將一個個字的聲音庖丁解牛般支離網穿成每一個碎落分類的聲母、聲調與韻母，介音、元音以及輔音。聲音的潮浪散撤了，他們彷彿回到亙古洪荒，牙牙學語，他們行走在這片退潮之後，由聲音的沙粒與貝殼共聚而成的海灘上，操使舌與唇，齒與顎，如簧板，如音孔，如包著絨氈的小木槌敲下鋼絲弦線的樂器，咂叩彈觸在齒背與上顎之間。他想像她靈巧的舌頭如何在那濕潤的口腔裡棲伏竄動，像一隻毛色豐實姣美的狐狸。他忽然有一絲害羞，這樣控制她的舌腔的內裡，一個發音都是一顆發光的卵泡，啵啵啵地發散巡游在她的身體裡，他覺得好像進去了，一加一等於一，他們是一個人。這樣的親密。但其實沒有，他的腦海被兩條纏縛相吮的舌頭的畫面所遮蔽，令人厭惡，瞬間將他拉回現實。

涵寧開始露出一臉殺了我吧的表情，於是他說：「那你把二〇六韻背下來起碼有基本分，這個教授每年都考，絕不會錯的。」

「兩百個，我怎麼背得起來？」涵寧一臉納罕。

「咦，妳真的沒去上課啊？可以用〈兩隻老虎〉把它們記下來呀……」

均翔開始用〈兩隻老虎〉的唱韻背誦起：東冬鐘江、支脂之微、魚虞模、魚虞模——齊佳皆灰咍呀、真諄臻文欣元、魂痕寒、桓刪山——

涵寧現在又換上一副看神經病的表情。

「真的有用啊，回去我教你唱一遍。」

「唉，好吧。」

「你總不想被當掉吧。」

「信維就被當掉了。」

均翔突然又感到一陣窒悶。他和信維同班，涵寧小他們一屆，但信維仍然重修了這門課。彷彿這便是一切的解答了，均翔恍有所悟，又像什麼也不明白。

「你知道，」她突然說：「是我追求他的。我想我被自己騙了，不是把他錯認成一個白馬王子或什麼的，而是把他眼裡我的倒影當成了公主。這就是我受到的懲罰。」

均翔什麼也沒說。

「你不覺得這很諷刺嗎，像是顛倒的童話故事？都有禁令、有打破禁令的王子、有被戀屍癖的王子吻醒的公主，還有神仙教母——哈，那大概是你的角色……只是順序全亂掉了，像我們上『敘事學』課講的那些東西。他們在敘事功能上的作用要不是交換了，就是被濃縮成一個角色。這樣的故事，一定會讓那些童話讀者非常困惑……」

「這門課你倒是很熟悉嘛。」

「當然啊，我可是要念兒童文學的人耶——你說這不是很諷刺嗎？」

「好像都是這樣……現實從來不是故事。現實是一盤散沙，而命術師總是妄想在做沙畫。就像我每次去算命，每次算命的結果都不同，有人說我會做大官，有人說我會有兩段婚姻，兒女滿堂。那時候，我每算一次就抄寫下來，像在寫一本有複數路線的自傳，像互動式選擇的遊戲。無數的生命的伏筆，那麼多那麼多的可能啊，如果我沒早早死掉，可要花長長的一生來印證呀。哈，但是所有的文學作品和戲劇和電影都是宿命性的，有不是的嗎？」

「宿命性的……」涵寧沉吟起來：「你覺得，我現在這樣，是某種命運嗎？這是偶然還是必然呢？」

他沒有回答。但均翔很想和她說，至少，至少，我們可以選擇走出這個地方。

「現實常常提醒我們，要我們腳踏實地，一個人，要慢慢從童話故事裡醒來，可是我想問的是，『現實』這個平面有好到要不斷不斷地，被放在那上面嗎？『現實』有那麼值得人活在裡面嗎？我們不能選一個更立體更美好得像童話般的世界嗎？」

均翔有一股很想緊擁她，親吻她濕亮而熠耀如碎鑽的眼睫的衝動，說我願意代妳受罰，或至少讓我和妳一起承擔這個懲罰。可是這有什麼用呢？他們不過是兩個學生，任何廝守的誓諾，永恆的盟契都將在現實的時間裡剝蝕脫落，最後回望過來，此刻這在那回首的眼光裡如漣漪斂合倒聚的時刻，又會顯得如何的輕率而愚蠢？

均翔憶起那時信維和涵寧在背過門的走廊爭吵的聲音——你愛我嗎，你愛不愛我，我只要知道這個，你心裡到底有沒有我……

這些詞聽來，都這麼像偶像劇八點檔的翻模……均翔讀不下書，心裡的那顆頭顱搖嘆，他們的愛情還太年幼，禁不起一再推敲詢探。

哈啾！她打了個噴嚏，均翔從口袋拿出袖珍包面紙遞給她，她說：「看吧，就說很冷。」她抽出一張面紙，說：「問你喔，比十八歲更美好的年紀是幾歲？」

「啊？呃，三十歲？」

「笨蛋，當然是十七歲啊。」

「為什麼？」

「因為比十八歲年輕一歲啊。」

「可是，為什麼不是十六歲或十五歲……」

「唉，你沒聽懂這個笑話……」涵寧嘆了口氣：「重點是，我們都回不到現在的年紀之前的那個歲數了……我二十歲，你二十一歲了。」

「你『才』二十歲。」

「老了，」她不知道是出於下意識還是意有所指地將手撫在肚腹上，苦笑著說：「我覺得笑著笑著都長出皺紋來，哭著哭著都有法令紋了，哭哭。」

涵寧大力地擤了個鼻涕，推了推均翔：「喂，說個笑話吧。」

「什麼笑話？」

「隨便一個都好呀，你該不會什麼都沒有吧，這樣不行喔，會交不到女朋友的。」

女孩嘖嘖有聲地用手指戳弄男孩的肩膊。

「會痛，別鬧啦——好吧，你既然提到童話，那麼這個……有一天，公主親吻青蛙之後，青蛙變成了王子，他馬上跪下來說：『親愛的公主，太感激您了，可不可以請妳……』公主一聽十分嬌羞，這時，王子從他的口袋裡，又掏出了一隻青蛙……」

「呃——」

「好吧，我知道我不會講笑話。」

「至少你試過了。」女孩老氣橫秋地拍拍男孩的肩。

「好磨人，真久啊——」

「對啊。」

他們便又無話。

護理師過來，要涵寧先去小解。均翔瞬時有種被留置在一座奇譎怪異的星球的錯覺。過了更年期的子宮，產後癒合的子宮，熟成溫暖的子宮……這些女士們，彷彿都攜帶著一種祕密，一個有關巢穴——嘿，他這不是在物化女性嗎？他想，女人在他眼裡都變成一只等待受孕的斗器而已，沒有自主的意識……

涵寧回來落了座，打了呵欠。均翔也跟著打起呵欠來。

過了一會，一對消防員——不對，仔細一看，右肩上有盾形玫瑰紅上書銀色單位名稱臂章的才是消防員，另一個一臉矬樣，像穿了過大戲服，右肩上是一個橘綠兩色構成的戴帽小人徽紋的是替代役——來宣導，他們勁搞搞地拿出一架像是使用過度的安妮，那層仿製皮膚多有斑漬瑕疵，嘴部有一邊像裂嘴女般歪開著。一個制式的開始向等候的患者宣導，像替代役的那個開始拍照。

不到兩分鐘，像是做做業績的兩人又出去了。

「欸你知道嗎？安妮的臉模其實是一個漂浮在十九世紀末巴黎塞納河裡的無名少女的屍體做成的呢——」

「用屍體做ＣＰＲ的臉模，不覺得哪裡怪怪的嗎？像每天都在跟屍體接吻……」

「哈哈，對啊，主要是，那個少女因為查不出死因，既沒有外傷，也驗不出毒物反應，就這樣一張年輕的臉孔安詳寧靜的微笑著，讓那時候的法醫震動不已，竟然用石膏鎔鑄她的臉孔……更讓當時的許多詩人和小說家非常瘋狂，有不少詠嘆她的美麗的作品呢，最後在五〇年代被玩具製造商和捷克醫生做成急救用的模型噢……」

「你腦袋的構造好神奇，知道這些東西，卻找不出一個笑話來，我有機會一定要剖開來瞧瞧——欸，到我了——」

護理師正喚著她的名字。

護理師拿著夾板複寫紙過來，問：「誰要幫妳簽名？」

「我。」

「好，這裡簽名。」

護理師說來做些檢測便扭頭走了。

均翔一陣緊張，脫口而出：「欸，等一等，妳確定嗎？妳知道……書裡不都說，這是靈與肉的衝突嗎？有時候，不論是誰，反正都是靈魂要，肉體不要，或者肉體要，而靈魂不要的問題，我想說的是，妳現在，是肉體要，還是靈魂要呢？」

「哈，你幹嘛，學一千零一夜？莎赫札德？說不完的小知識？」她輕笑著，均翔沒看過她笑得這麼好看過：「嘿，我要你陪我來這裡，可不是要你提醒我這些事的喔，我早就想好了……他們不都說，只是個小手術？」

均翔沒有回答。

「快點，你再把二〇六韻唱一遍，我就出來了。」

均翔感到一段微小的傷口深深地從內裡綻裂開來。有某些事，永遠地改變了。涵寧會返回她的童話之地，而均翔將一再去探尋他年輕時曾不予理會的算術。生命的算術。涵寧再不可能如今天這麼美了，而均翔也不可能比現下更感到深深戀愛著她，不管她是否感覺到。他感到這份愛，這份他藏放許久許久，會在時間的地窖裡變餿變臭酸變得不再柔美的愛，會隨著那個生命流失掉。他突然非常嫉妒那個孩子，原因在於，他覺得涵寧是愛著那個生命的，不管它是否曾被產下。

女孩子進去之後，均翔把〈兩隻老虎〉版本的二〇六韻再唱了一遍。像唱給不存在的孩子聽的變種的兒歌。

那些化整為零被替換的歌詞崩裂成為聲音的基數，零落堆疊在他的心上，均翔思緒著，生命要有多少的伴音或旁韻，才能最後從口舌間竄出一個清晰動人的聲音？在歌聲中，這些音韻嘩啦嘩啦碎落，啪啪啪啪地像無數妖白細小的稚嫩的手，從不知名的遠方那麼令人疼痛地拍擊過來。

他沒有辦法，只好再唱一遍。

他唱了一遍又一遍。

一遍又一遍。

雙子

春天來得太早。

或者說，春天已然一腳越過眾人的頭頂——當萬物沉眠，冬日黎明前還只是寂暗的淡薄夜光，晝間逐漸升高的溫度卻驀然地，將蟄伏的動植物們在恍惚的纏綿夢境中，趕入明亮的日光下。於是，最後一個暑假還未翩然駕到，夏日便猛烈得像是被春秋兩季夾起擊閃而出的燧石星火般襲來，燠熱璀璨。

早晨，第一道陽光溫熱地爬上于誠的床鋪，這陣暖意感染了童男的熱情，對街的于諾尚籠罩在睡意的邊沿，然而，彷彿感應，或預感，他們的褲頭同時高撐直挺的帳篷，展開夏日第一場遊樂的馬戲。誠諾兩人一同睜開眼，一同放尿，一同洗漱。

于誠和于諾在初夏時分的微風中，如同高速的飛梭經過巷道，駛入轉角，一路往公園行去。腳踏車擋泥板翹得老高，盛氣凌人。他們將腳踏車甩入一旁的草叢，再稍微覆蓋些雜枝葉末——這可比上鎖實在多了——跑進公園。公園路道沿途的柏油路面均嵌入了碎玻璃，一片閃爍，他們像是踩著潮起的銀浪，宛如耶穌與拉撒路一同行於水面，一路滑抵到祕密基地。他們不怕受傷，那時候，還年輕，傷口留下來的可以像某種英勇的戳記，留不下來的隨時間而去。

于誠和于諾。就像這個年紀的普通男孩，不胖也不瘦，剪短的髮型使兩人的背影一般，身高一般，側臉鼻梁均一般。他們像，但又不太像，時常鬧雙胞，但他倆確確實實地，不是孿生子。

他們比孿生更緊緊相繫……那是因為兩家人太要好了，在窄巷裡對門而居，剛巧有了生日只錯差一天的孩子（他們甚至可以在鄰近午夜時同時吹滅生日蠟燭）。於是，一起養育，一起旅行，一起參與家族聚會。在他們降生之前，他們兩家好到，取名時仍然齊至算命仙那兒劃名判字，他們只差沒取同一個名字，用姓氏來分辨。他們是一雙對旋的歌調，宛如以彼此的名姓呼喚的賦格曲。奇怪的是，他們的高度一般，髮長一般，鞋履一般，但站在一起，總覺得于諾的影子比于誠的長。這讓于誠深深地覺得不公平。就連他們父母各自叫喚他們的小名，于誠都深覺天有不公。誠誠和阿諾。憑什麼他的小名是疊字，可于諾就能有一個終結者般的暱稱？

兄弟倆鑽入祕密基地——他們稱為「闇夜之門」——其實不過就是一處荒圮無人整理的公園雜物間罷了。起初，兩個男孩撬開鎖頭，換上了自製的拉繩與陷阱，將裡面打理一番，擺放了一些漫畫、模型，還有他們在此地規畫的所有關於夢與祕密的草圖（棋戲、捲紙迷宮、紙牌遊戲、他們接龍塗鴉的漫畫連載，一些零星碎雜的不存在的建築、機械或生物的藍圖）。

但今天他們來這全不為此。

這個早春與早夏，帶來的似乎是整個班級對那輕易汗濕而黏濡的身體的探索。當性的領地尚在眾人口中灰晦相傳，按網路Ａ圖索驥，于諾便已是這片新天地的麥哲倫。無須地圖導航，于誠和于諾展開他們那精力旺盛的性冒險。他們同班，又鄰座，他們惡整那些討厭的小女生，到廁所門縫偷窺她們如廁（但縫眼太窄，根本啥也沒看到），掀她們裙子、彈細緻的肩帶，但不只有他們如此。那些女孩們，也會在老師批改作業的教師末座旁的辦公桌下窺視內褲的花色（是少女心的草莓糖果圖案還是老阿嬤的胖大內褲？），在老師彎下腰時從未掩的領口評論她們胸部的大小，一個高傲、發育良好的女孩宣稱：「我看到老師的乳頭了，她的胸部太小，胸罩根本蓋不住。」

于誠會偷偷問于諾女孩的「那裡」，究竟是什麼樣子。

「除了一堆毛外，什麼也沒有。」

「什麼也沒有？」他敬畏地回覆。

「對。」感覺不出于諾是失落還是得意。

早在于誠學會怎麼找到那些圖片前，于諾就把手伸進女孩子的裙子底。在于誠弄清楚女孩子的兩胯之間居然有著捲曲密覆的叢毛時，于諾卻跟他說，那是大人才有的，小女生的下體很乾淨，根本還沒長毛。那時，他聽得一愣一愣，只能用舌頭潤舐乾乾的嘴唇。

于誠想起他第一次自慰的情景。

他其實是在大便，因為無聊玩起了陰莖，但他腿間的小傢伙突然如此昂奮，令他不知所措。于誠努力想壓下它，甚且像要懲戒某隻小寵物般地輕拍它，但無意之間，隨著拍擊與撥弄的韻律讓陰莖來回的晃跳，一陣不曾有過的快感逐漸升起。那陣熱流從蒂端到卵袋，從腹部而至心臟。他覺得心口像家中巨大的老爺鐘大聲響亮著。忽然，那陣快感消失了，像翻過一陣波峰相連綿不斷的山徑，不小心走出懸崖，他的雙腳倏地懸空，腦中一片空白，手指有濕潤的流液淌下。他抵達之後，才知道至福離他有多近，他有了愉悅自己的經驗，不下於超能力似的一個祕密。他愣住了，不知道那是什麼，卻覺得心有愧慼。

于諾說，少年的身體還沒長全，如此柔軟，像白色的海，可以倒懸，可以浪翻，如傾捲的波瀾，如曳地裙紗打上岸的潮沫，他們有一顆隨時海嘯的心。他聽于諾說，有些人很軟，軟到，可以無比幸福洋溢地含吮自己的雞雞，那比用手還舒服。

「我們是少年嗎？」

「才不。」

「哈哈，那我們是什麼？」

「我們是神。」

他倆大笑起來，在密閉的空間裡轟轟迴盪。

「我想看女孩子的那裡。」他對于諾要求，於是于諾想辦法弄來了那本雜誌。

他翻開雜誌——真不知道于諾從哪裡搞來的。印象裡，書店並不能買到這種書，難道是網購？——于誠含著疑惑翻開那些頁面，宛如世界最後不可告人的祕密在他眼前揭開。他看著那些女人身姿的扭曲作態，斜攲弓背，懸張若羽翼，慵懶地攤躺在底下鋪展出大張皮草，足肩胸腰相疊錯聚的女體們，與她們剃淨開闔的陰戶成為一幅肉色的抽象畫，匆匆看去，幾乎是一隻物態離奇的八爪章魚。

在這闃暗的門扉後，雜誌像要發光懸浮一樣，襲染了男孩整張臉孔，酣醇恍惚，飄曳在無形的時空。他褲底的傢伙繃得好痛，於是他們各自回家。

于誠迫不及待地想掙脫這如繭蛹般弱小瘦削的衣物，他覺得他根本是遙遠穿梭真空而來的星光，早在億萬年前就已老了，只是在這些大人遲鈍的眼中，他仍像小孩子一般。

于誠第一次在床上將陰莖上翻至肚腹趴躺，感受那膨大的莖體牴觸的灼熱。他在面前擺放雜誌，接著用柔軟的床與身體的輕壓摩擦下體，隨著快感的來臨，于誠逐漸閉上雙眼，不再需要倚賴圖片，想像力為他況描更靠近天堂的樣貌。他闔上的眼皮在黑暗中舞動著透膚的光斑。他射精又再射精，在身體上揚的弧線裡，他是自己第一個發明的符號。

完事後，噴薄著整片精液的內褲讓他滿懷羞愧。于誠決定到外頭雷雨後的濕泥濘打滾一番，掩飾劣跡。

後來，于誠的母親戒慎地盯著他。看他滿身汗水泥濘的衣褲，看他慘不忍睹的步鞋，看他滲進泥水汙漬斑斑的內褲。媽媽要他脫下，翻視他衣服上的標籤，像看著摩西的十誡：不可漂白、不可乾洗、不可熨燙。

于誠覺得母親看著他的眼光像是宗教審判。

※

長久移民在美國的表姊暑假返回了陌生的家鄉休憩與旅遊。于誠的父母安排了他隔壁的房間給她住宿（那個房間籠罩著悲傷的過往，于誠本有一個等待降生的弟弟，但在母親小產後，那個黑暗的小王子曾將它的陰影一度從這個預留的空間肆虐至整棟樓房……）

輔導課結束，回家時，他看見父母身旁的女孩子。媽媽張開雙臂要擁抱他，一臉驚喜：「誠誠，看誰來陪你啦？凱西姊姊！」他不好意思，閃過身去，看見那張記憶模糊的臉孔。彼時，他還太小，根本不記得表姊確切的容貌，何況，那時候姊姊的膚色更為白皙。

凱西十六歲了，但看上去像是二十歲的大學生。她帶來了美式作風與加利福尼亞的陽光。她的膚色是小麥與稻穗相互調染的顏色，眼神盛開，一雙勻秀的腿在熱褲下，像非洲瞪羚分不出奔跑還是快走的步伐，散放清芬而來。她穿著無袖坦克背心，讓圓潤的肩膊裸露出來，宛如紅熟的果實。軟順的寒毛沐浴在南國的陽光下，有著美麗反光的描線，像一座金色的維納斯。

姊姊走過來緊緊抱住他，「噢，Little prince，你長高了！」像要驗證他的成長，將他深深地壓進她的身體裡。于誠感覺到她柔軟的胸脯在他的身上化勻開來的感覺，幾乎有點恨她。恨她喚起他尚懵懂的激情，驚動了他體內深眠的惡獸。

那是個說不清早春還是早夏的時光。他討厭姊姊老是不脫鞋就上到床鋪的動作。討厭姊姊在那與他共用的浴間亂堆她的各種化妝品、保養品、內睡衣和浴巾。他也恨她從不關上房門的舉措，彷彿將她房間的領地延伸再延伸，征服再征服，直抵他緊閉的門縫。姊姊不會知道他拿著內衣型錄或對著電腦上 A 片裡的女優戮力以對的奮戰。他學會悲哀地戴上自己的臉——畢竟，再沒有什麼比自己的臉變成面具更恐怖的事了。

「欸，聽說你表姊很正，是真的嗎？」

「她……長得和我們不太一樣……」

「哈，這就是你的眼睛告訴你的？」

「你想幹嘛？她正不正有什麼差別嗎？」于誠努力不啟人疑竇地虛應故事，但他話中有些什麼在顫抖，那逃不過于諾的眼睛，是的，是眼睛，于諾一向「看得見」他最深的欲望。

于諾說，去偷一件內褲來瞧瞧。于誠不想。他心有猶疑，突然不再願意和他最好的兄弟分享這件事了。但歉仄卻襲湧而上，于諾告訴他那幅性的彼端的光景，甚至幫他弄來了那本雜誌，而他卻連一條內褲都不敢給他嗎？

他拗不過于諾。

于誠溜進姊姊房裡的多層櫃，打開，在那些彩豔的少女顏色裡，匆忙中隨手抽了一件內褲。回房後，他心跳不止，像雅賊偷奪祕鑽或珠寶。于誠仔細地端詳那件少女的內褲品視，內心卻頗感失望。那是一件粉紫的素色內褲，既沒有蕾絲鏤花，也沒有裁薄或透膚的情趣之感，連圖樣花紋都沒有，幾乎像是小號緊身運動褲一樣的內褲。

于誠本想直接去往「闇夜之門」（他想像于諾兩眼在暗中發光，像照相沒有消除紅眼而使那道閃光反射出眼球後方血絲滿佈之脈絡膜的，墮落的眼神），但後來卻溜達到市街上，徘徊遲疑。姊姊的內褲彷彿炙燒的菸首，幾乎在他的步伐裡燙熾燙熾地點燃他褲中的火柴蒂頭。此刻，于誠站在3C用品店外，那些展列的高彩度液晶面板同時映現眾多的藍色海洋，正中空拍一座小小的島嶼，全部加起來，形成海神般的複眼，凝盯著他。在這巨大的威嚇中，他嚇得趕緊奔回家。

凱西姊姊看到他，開心地打招呼，她說：「今天我們來看電影！還記得我們一起看*Lion King*，看*Toy Story*的時候嗎？那時候你好小唷，你應該都不記得在演什麼了吧——」

但竟然是看恐怖片。是一九八六年的老片《變蠅人》。那讓他既戰慄又興奮，于誠看見凱西的膝蓋斜靠扶手，下巴抵著針織抱枕。她的兩腿蜷收在開了小衩的短褲的臀部下，出現腳弓的摺紋。有道光樣的線像鋼琴絲閃劃而過，是她左腳足踝上的銀色腳鍊。

在潮熱的夏夜，父母都出門訪友去了。客廳暗下來，只有電視與姊姊身上的微光。老舊的冷氣機隆隆響著，那陣乾燥的涼意讓于誠想起小時候的時光。

「噯——好懷念喔……」凱西姊姊懶懶地說，「跟我最喜歡的弟弟看電影，」她斜睨于誠，捏著他的臉頰：「好可愛喔你以前……現在也是啦，但變瘦了……」

「專心看！」他撥掉她的手，往旁邊挪了挪。

于誠坐在一旁，感受口袋裡的內褲像犯罪的槍枝不及處理，到處怒勃著他那胯間指頭的螺紋印記。他又怕又羞愧。這兩種感覺如此混沌，像兩種南轅北轍的動物在雜交。

他也並不專心。一方面，姊姊身上傳來不知道是沐浴乳還是香皂的氣味，她腿部的肌膚不斷擦碰到他手背的溫度，以及手臂上那宛如蜜桃纖顫的絨毛輕撫而過，搔癢般的觸感，盡皆使他暈眩；另一方面，是電影裡的人體逐漸化膿潰爛的恐怖奇觀令他膽懼不已。

先是——博士的指甲像早餐穀片之類的東西輕易地被他從指端咬下。

于誠轉開眼神，看見姊姊指甲下那漸層的粉色末梢，與白色的月牙。

他看見頗富幽默感的博士在與女主角對話時，啪地一聲耳朵像熟落的果實掉下——姊姊的耳廓是玫瑰般的紅色。

接著是博士的牙齒一顆一顆卸落，手上捧著那有著長長牙根的遺齒。

姊姊咬著下唇的門牙微微地坦露，咬得唇色泛白。

「噁——」于誠的喉嚨上下鼓動，凱西看得異常專心，因為正逢男主角蛻變的精采好戲。

于誠覺得姊姊一定看過好幾遍了。

這時候的博士已經是滿身說不清是突變還是潰膿，剛毛與節肢滿布的半人半蟲了。博士對女主角深情地勸離獨白有如詩歌：「我的意思是……我是一隻昆蟲，夢到身為一個人類，而且很喜歡那種感覺，現在……夢已結束，而屬於昆蟲的大夢才要清醒……」

恍惚之間，客廳那座鋪了玻璃的茶几映上電視裡蒼蠅博士肢膿身爛的老化頭顱，被桌鏡拉得詭異地長，疊映在于誠同樣反射在那面鏡影的年輕臉孔上，彷彿從數位訊號裡流溢而出的一場夢境……

姊姊突然卯起來搔他的癢，那嚇得于誠抖震了一下，泛起滿身的雞皮疙瘩，他大叫：「啊——」

「是不是嚇到了？嚇到了對不對，嘿——」姊姊促狹的表情浮上一層紅暈。

「才沒有……我是看得很專心！欸——不要再弄我了！」于誠大喊。

「哈哈，就要就要——你這個不敢說怕的人——」

「不要碰我！」于誠推開姊姊，耳根與臉色酡紅。心臟消失了，像是踩空梯級的一階，然後又出現，不在胸腔裡搏跳，而是在耳鼓與半規管附近劇烈擂捶。

「生氣啦？」姊姊想再把他抓回來，但他一個轉身，跑回房間去了。

「喂，電影還沒演完呢，怎麼可以跑掉……」

于誠在浴間喘氣，漲紅著臉，偷偷地把內褲放回姊姊的衣堆裡，深呼吸。

「不要生氣嘛——我只是忘了你長大了，不是以前的那個可愛小王子了，」姊姊在她那側的門外輕輕敲叩，「唉唷，不鬧你了，我投降，回來把電影看完嘛……」

于誠不理她，等待那股搏動退卻……

「你想要，你有感覺不是嗎？」鏡中的于諾說。

他始終沒把那部電影看完。

那個夏天，他發現最不可置信的是姊姊的身體。他想到姊姊藏放在沙發上的修長雙腿，夢迷驚狂。凱西裸露的皮膚必定是與他不同的造物，否則，它們何以如此布置得一氣呵成，毫無破綻？

他想寫下那種模糊的感覺，像他閱讀的那些小說和漫畫，但他的字沒有他的畫好看，於是他畫下來。于誠用３Ｂ鉛筆畫下遞給表姊浴巾時，浴室內霧面毛玻璃後面那朦朧的少女軀體。他連畫圖都是仿襲自于諾的，而這幅想像的畫作，是他那些坦克、鯊魚、巨大機器人、刺客、槍枝、劍戟的仿作裡，唯一的原創。于誠畫中的姊姊，是一隻赤裸著上身的人魚，彷彿從水霧中浮幻降生，宛如波提且利的〈維納斯的誕生〉，像小說中寫的，男主角對女孩子的歌吟：「妳一定是人魚了，上半身是人類，下半身是大海。」他心中竊喜，像用自己的攝像方式，將姊姊的美好拓印下來。

但另一件更陌生驚異的，卻是他自己的身體。那個夜晚，他撫弄自己的乳頭，讓它變得如下體勃硬翹立，他劃過那如木琴　樣的少年胸肋，將陰莖上翻。如前幾次，于誠亦不用手，而是用身體的律動與柔軟的床枕上下擠壓。

舒服的電流使他在臨偎高潮時輕喘呻吟。射精之後，他翻過身來靜止在床上，凝定不動，感到濕潤與灼烈的陰莖猶旺燃那股年少的光焰。他可以再來一次、再來一次。直到尿管摩擦發炎，精液燃煮沸騰。

他的陰莖在褲底高昂著，宛如奧運擎舉的聖火。「噢，姊姊、姊姊……」他低喃，像吹熄生日蠟燭般的嘆息：「凱西、凱西！凱西……」

他感到罪惡，沾染精液的衛生紙團活像是電影裡女主角夢裡產下的白蛆。一陣寂寞襲來，于誠頓時感到這陣哀涼的莫名的心緒，吹滅了那股熱情。他覺得自己是神燈裡的精靈，願意靜候百年，只待有人攜著愛意來摩挲他，撫擦他。

※

在闇夜之門，于誠前所未有地感到身體精綻著光芒。彷彿過去的他不曾活過，只是史前史的深遠的夢，但如今，他像那位蒼蠅博士一樣，要從凡身肉胎裡掙脫，成為一隻有翼的生物：蒼蠅、蚊蚋、蝴蝶、蝙蝠、群鳥，邱比特或伊卡洛斯，什麼都好，就是非人，也是超人。

而超人只有一個。

一道影子竄進來，埋伏，襲抓，最後和他滾成一團。

「于諾！」

「嘿，兄弟，怎麼樣，獎品在哪呢？」于諾彈響手指——這是另一件于誠想習仿卻做不到的事——輕佻地說。

「唔……姊姊她，房間鎖著，我進不去，」他心虛地答。

「你騙人，當我沒去過你房間嗎？從廁所也可以進去！」

「呃，欸，好啦，我不敢。」

「膽小鬼。」

奇怪的是，于諾這樣說，于誠絲毫沒有不快，反倒鬆了口氣：「我就是膽小鬼怎麼樣——」

「算了，給你另一個任務，」于諾說：「你找你姊姊來跟我們玩——」

「可、可是，這是『闇夜之門』耶，不能有女生進來的，不是嗎？」

「你傻了啊，你姊姊又不是女生，她是女人。」

這兩個概念頓時讓于誠感到混淆，他腦海的第一個畫面竟然是下體有毛與沒有毛的體軀……

「大人別以為我們什麼都不知道……」後來，于誠和凱西逛著家附近的夜市時，他想起最後在闇夜之門，于諾語帶玄機的那句話。

于誠突然發現，和于諾在一起，才讓他以為自己是全世界最聰明的人。一沒了他的陪伴，他不過是個蠢蛋。他發現他的兄弟就像某些天才，因為某種特殊的天賦，使他們從此擁有了常人所沒有的視界，第三隻眼，重瞳……但更像是一個腫脹軟爛的傷口結痂後的堅硬甲殼，一個神祕的通道，一種近乎奇蹟的能力……於是，海洋開始翻覆，島嶼逐漸陸沉，星星殞滅，而宇宙傾斜……

「唷呼——狐狸呼叫小王子，還在嗎——」姊姊用手在他面前揮動：「你在想什麼，發呆啊，哈哈，你的汽水都涼掉了啦。」

于誠這時才回神看見他們已走過了夜市前排售賣燒烤炸物、手搖飲品的區域，這邊是一大片，由各種機台和攤販構成，喧噪吵鬧的遊樂區。

「把汽水丟掉吧，我最討厭沒氣的汽水了，」姊姊說，指了指前方的攤位：「玩射氣球吧，我要拿那把大的槍，你拿小槍！」

嗆辣的氣泡飲料在燒灼喉頭後，隨著時間，那使糖水飛揚發燙的魔力就此消失，飲料變成一盞僅僅盛裝著糖粉的白開水。于誠往旁一丟，瀝青地上的瓶口汨汨流出無色的水液。

他對姊姊說：「妳現在拿的這把是M16步槍噢，在戰場上，它用的是五．五六毫米口徑的子彈，當然啦，夜市不會用真的子彈，這些都是瓦斯槍。」

「那這把呢？」

姊姊指著他拿的那把小槍：「這是貝瑞塔、旁邊那把是沙漠之鷹，更旁邊的小槍叫克拉克 34。」

「哇——我要改叫你 Little doctor 了，」她如此稱呼他，笑著說：「有什麼是你不知道的嗎？」

他突然很害羞，一個聲音從心底冒出來：

「妳。」

他們射擊的技術都不佳，最後只拿到一個內裡沒有圖案必須對著事物旋轉的萬花筒。于誠用那個廉價透明無彩度的萬花筒對準姊姊，霎時他彷彿可以體會蒼蠅博士最後看向美麗女主角的目光，渙散而繽紛，一份被分割為成千上萬的美，他的內心滿溢歡欣與哀疼的感受。萬花筒成為于誠唯一而至高的受器，倍乘了這些纖敏的觸覺。姊姊在他的複眼前做著鬼臉，噘嘴鼓頰，于誠覺得隱隱有一股熱流竄上，彷彿他是姊姊所吹製而脹大的一顆碩巨的玻璃圓球。

于誠終於說了那個祕密基地，與他最好的朋友。姊姊則說，當然好啊，她最不願錯過好玩的事了。

翌日，于誠知道自己不用特地知會，他曉得于諾在那裡等著，像伏伺的獵豹。他覺得這個滿生苔痕與蔓藤的沼澤般的空間，因為姊姊的步伐而漫漶光暈，盛開花朵。

很自然地，無須用力，姊姊與于諾在言談取笑裡逐漸相熟。他們分享漫畫與迷宮，紙牌與夢。但于誠非常嫉妒。以往，在班上女孩前的于諾，他只感到哥兒們般的驕傲，如今，他彷彿變成于諾的一組失敗的負片。

于諾迅速地以凱西為模特兒，畫了一幅素描。姊姊稱讚：「你是Little artist，就像我另一個弟弟。」于誠妒火攻心，只因他唯一可以拿出來的畫羞不能見人。于誠突然強烈地察覺，在這氛圍裡，沒有什麼事與他有關。

于誠氣得出走回家。

媽媽說：「你不是和凱西姊姊一起出去嗎？怎麼一個人回來？」

「姊姊有事情，」他說：「我餓了。」

「好吧，你爸和我要一起去餐廳吃飯呢，好久沒享受兩人世界了，不過我們不介意小王子的加入唷——」

「別再叫我那個。」

晚上回家，姊姊關上了房門。那讓于誠臆度疑忌，焦慮不已。

怎麼可能？姊姊怎麼關上了門呢？那裡面發生了什麼他無從參透的祕密？會是于諾？像他佯裝醫生幫班上的女生煞有其事地檢查身體？像他玩大冒險恬不知恥地吻上女孩子的唇？于誠知道他兄弟的厲害，他的手段。

他不是沒有想過打開通往另一個房間的廁所的門……但他最遠最遠，只敢貼抵在門外。

在那之後，什麼聲音也沒有。

他偷偷地，將那幅想像的，羞恥的畫，貼在廁所的鏡面上，回到房間在悲傷中睡去。

隔天，于誠沒在闇夜之門找到于諾。他走遍了公園，直至公園邊界的河堤。

那幅丑角般的面孔等在河堤旁的樹下。樹影篩動。

于誠問，昨天，他是不是去了姊姊的房間？

于諾一臉調侃惡戲。他才發現那張臉幾乎沒有絲毫人味，他倆曾幾何時可能相像呢？

「女人……」于諾咂舌品味似地說。

「你什麼意思？」

他亮了亮手上的紙張，是于諾那張有如夢幻美人魚從水霧蒸騰漫生的圖畫。

于誠氣得睚眥欲裂。

那負片般的兄弟往旁一站，走出樹蔭，盛氣凌人。

于諾筆挺的站姿使他更為拔尖高挑了。這時候，于誠才發現他的身下，像站在手術台的無影燈籠罩的範圍裡，沒有丁點影子的痕跡。接著，于誠便領悟到，當然了，于諾就是自己最大的影子，他的影子應該正收摺在他那少年裸背後的肩胛骨上，一襲宛如披風的暗色羽翼。于誠這時有如鈣化的蒼白骨骸，哆嗦發顫在那片無邊無際的黑色荒漠中。

一個蒼蠅之王。

「還我！」

倏地，于諾揚起紙張，飛奔開來。

什麼時候，于誠再也跟不上于諾的步伐了？這兩個總是並肩競飛的戰機？星艦？飛梭？

嘿，慢點，等等我，于誠在于諾身後叫道。

于誠感到一片有如花瓣般的東西貼合在他柔軟的唇上，被他的汗水與口涎沾濕。

那是人魚深邃如星的眼睛。

「你做什麼？你為什麼那麼做？」于諾一片片撕毀他的畫的動作像極了要把美人魚的鱗瓣一片一片掰下般使人心碎。

追著，跑著，飛馳著。

河面的陽光如此刺眼，像一枚一枚擊發的子彈射穿瞳孔。

快，快，還要快！趕在畫作被夏日的陽光融化之前……

跑了不知多久，狼狽又疲倦，于誠縱身一躍，搶抓那張畫，頭顱撞上那有著羽翼的少年肩背，于誠看見于諾翻出了河堤，滾進河裡。

于諾在河流裡雙手揮舞，張口疾呼。

「救我！兄弟，」于諾的羽翼濕重，救不了他自己，「我們最要好了，不是嗎？」

他叫喚他的名字時，就好像在摳挖一個深湛的傷口，讓于誠既疼痛又恐懼。

于誠不會游泳，更何況，他心裡燃起重重如火葉飛旋的複雜心思。

畫頁的餘燼浮散在水面，像一件一件被割裂的器官。

于諾的眼睛啊，那雙眼……

「噓……」沒頂之前，于誠看見于諾有一瞬神情不再驚慌恐懼，而是微微地笑著，眼神瘋邪，像是在說，于誠，你要永遠被留在界線的另一邊了……有一場好玩得不得了的派對，你不可能再拿到入場券了。

于諾大手一揮，彷彿在指著那碎散沖浮在河面的凱西姊姊。

他像個從闇夜之門堂皇走出的黑暗王子。

于誠不顧一切下到河邊，久久看著水下于諾逐漸遠散霧去的臉，突然之間，他終於發現，原來他盯視著自己的臉，好久好久。

姊姊準時在暑假的最後一天乘返美國，彼時，正逢夏日褪盡，秋天來臨。

男孩的下體像是發芽似的，長出了第一根遲到的陰毛。

沒有人知道。

太陽是最寒冷的地方

哥哥墜落以後，允愷便時常無由地感到想睡。

他那窄隘加隔出來的單層膠囊旅館不知道是幸或不幸，有一塊稱不上窗的破口，會有那麼一個十分珍罕的時刻：那時，午後的陽光透進縈飛旋舞的塵絮，事物彷彿被那淡薄的光暈打了蠟似的，鍍上了一層令人心碎的膜。所有的景物退卻，那些夜晚流麗俗氣的霓虹燈中氤氳瀰散的氛氣，一時間彷彿全都抽撤散逸，時間就這樣離開了，有點感傷，但並不悲切。只是有著那樣的感受。很想就這麼睡去，不再醒來。多好啊這樣的死亡。然而，他往往是在半夢半醒的間隙頭痛欲裂勾芡著夢的餘緒中，意識清晰起來。

這時候他的其他感官便蜂擁著搶占他的注意，以取代過去那由瞳珠轄御的範疇。聲音成了一把鑰匙，氣味亦是。比如說，那些原是城市背景聲流的噪音，當被離析開來，它們依次而有了可供念想的記憶的殼皺：電廠的低鳴、施工中機械的打樁聲、引擎高速呼嘯飛過的聲音、街上混亂械鬥的吆喝聲、隨之而來的救護警鳴聲、隔壁的爭吵或轟噪的樂聲、雨絲滴瀝水漬頓落的聲音等等，都能開啟一段獨立而久遠的回憶。

有一陣子，那被獨立出來如此清晰的是救護艇因隸屬單位不同而款式不同，或拔尖或低鳴的聲音。有時深夜，有時清晨，有時在午後的時光，遠近錯織，如裂帛粗糙傳來。

他會警敏地睜眼竟夜。

自原料戰爭戰火消歇以來，淺眠就恆常攀附。他時常夢見夜裡那些燦如煙花的彈火在無星的夜裡宛如一場失序而躁鬱的放肆狂歡，一夜一夜擂打在不得安憩的腦殼上。唯有酒精，與他從朋友那搞來的雞尾酒毒品，可以忘卻這一切。

在醇醚醉意帶來的恍惚中，有一種非常久遠懷念的感覺。一道耀目的紅色在舞動。好像鴻蒙初始，帶有一絲淡淡的奶香與舊暗的木材氣味的老家。那座與森林邊際毗鄰的宅邸。

最近，世界變得非常奇怪，像是打折過似的，一個事物彷彿是另一個事物的贗品。靈魂脫膠的狀態。他時而伏趴時而支頤，宛如被困在潮間的兩棲之獸。他有很多話想說，他的身體卻是思想的迷彩。

記憶的祕密是時間嗎？他推開眼前那杯乾罄的威士忌，又要了一杯。

彷彿雪花般錯落織造的無序畫面突然接收到訊號，允愷回過神來時，酒吧的人潮似乎比剛才更多了一些。嗡嗡轟轟中勉強傳來一旁全像帷幕專題報導的聲音。不用說，近一週以來，全都在播報他哥哥在任務中慨然赴義的事故。人們醞釀的其實是，在這一批探索地外文明與類地行星的先鋒者依序失聯或殞落後，對整體政局的影響。地外軌道住民與地表階級勢如水火的態勢，火星殖民計畫的拖沓，都使人疑心是點燃下一場武裝衝突的零星火花。

「不好意思，」一名年輕的女孩碰了碰他的肩。很奇怪，她的兩隻耳朵分別打上了不同色澤的金屬環，穿了一件自胸前開了及臍深V的鏤空皮製背心，下身著上幾乎不蔽私處，挖空了兩側髖骨與恥骨上方的鉚釘皮褲，但那張塗抹陰冥冷淡的煙燻妝容上卻帶著一絲害羞的神情，猶豫地向他問候：「請問，你是他家族的人對不對？那個太空牛仔……我觀察你一陣子，你跟他好像哦，如果他年紀再大一些，一定長得很像你。你是他親戚嗎？——別跟我說讓我猜看看，你是他叔叔對不對，我記得他很早的時候，媽媽就去世了，她那邊好像也沒什麼家人……我好迷他哦……你一定為他感到驕傲，我很遺憾他沒能完成任務，但我們都會將他的犧牲謹記在心……我、我能跟你合照一張嗎？」

他注意到她的手無意間碰觸著他的臂側，混合某種帶醉意的怒氣，他轉過身，惡狠狠地說：「很抱歉我必須這麼說，第一，別煩我；第二，你錯了，我不是他的任何長輩。」那女孩帶著失望與幽怨的神情走開。

「你別太苛待一般人了，他們很難體會時間膨脹的影響，對他們來說，你哥哥好比那些三維電影上的虛擬成像，是永遠不老，不朽的存在。」

允愷剎那間酒醒了一半，不知道該先為這句話感到震驚，還是先找尋這個女聲的來源。

「視差基金會暨太空總署聯合調查員，黛西．楊。」允愷眼前出現一隻纖秀的手，他沒有握住她的手回禮，而是靜定地凝視起這個女人。那句話令人挫敗的將他從佯醉的嘗試中拉回。黛西使他想起那些來自上界的人：精緻、蒼白，死氣沉沉。即便麗緻的妝容都掩蓋不掉那股衰敗的氣息。這非關年紀。他會說，黛西是一位三十來歲的年輕女性——與他對比，三十歲夠年輕了。當然，她不比先前那個小龐克妹，不管是身上散發的性吸引力或年齡。然而，黛西那雙自虹膜中輻散出深湛如海洋般藍色的瞳眸，幾乎無法使人忽視。

「我開始感激那個女孩把我認成他叔叔了，」允愷避開那雙眼，背轉過身，一口飲盡琥珀色的酒液，他說：「我不接受任何有關我哥哥的採訪。」

「那麼，有關你哥哥不為人知的遭遇呢？你不想知道嗎？」

「什麼遭遇？他不是因為技術原因在好幾百萬光年外墜毀了嗎？」

「那個『技術原因』正是我們要清查的，而這一切，」黛西在一旁落座，並俐落地喚來酒保，點了酒，凝視著他：「都得問你。」

「我？」

她異樣認真地頷首，突然岔題似地說：「你和他依然那麼像，即便你們遠隔了二十多年的距離。」

他被那雙晶透瑩亮的雙眼看得心裡發毛，粗聲說：「像不像不干妳的事。」

「某方面來說，這很重要，」她抿了一口剛送上來的調酒，拿起牙籤指著他，「你們是雙胞胎，難道這對你來說，都不重要嗎？就算你不關心人類，也該關心一下你哥哥吧？難道在他消失的那一刻，你不曾有過任何感覺嗎？」

「早在他離開的時候，我們就毫無關係了。他變得和那些他要找的星球一樣遠了，」允愷搖搖頭，失笑道：「他要尋找星星，結果變成星星了。」

「我以為他在你心中會有更重的分量……過去，大家常常認為雙胞胎之間有著神祕的連接，超越時空的命運相繫，」黛西支頤，還是凝視著他：「我還記得，有一篇科幻小說寫過，遠征銀河另一端的艦隊通訊官都必須是雙胞胎，因為在曠遠無垠的太空裡，任何形式的波段或訊息都很難抵抗距離所造成的時差，大概只有雙胞胎之間的心電感應、內心通話，可以無視這一點障礙。這要是真的會省下多少技術成本啊。」

「當你們的免費聽筒？想得太美——」

「為人類事業盡一份心，並不為過，」黛西蹙起眉，瞇細了那雙藍眼：「更何況，依你現在的收入，恐怕是求之不得。」

允愷將酒杯一推，準備拂袖離去。

黛西抓住他的手臂：「冒犯到你我很抱歉，但你必須知道，我在乎你哥哥的程度絕對不亞於你——沒錯，我知道你還是在乎的，相信我，我一直在為他哀悼。聽我說完好嗎？」

「放屁。」

他甩開她，撥開各色奇服異妝的人潮，在被那些音聲色相湮沒之前，推抵酒吧的大門。但是一個聲音遠遠傳來，如此嬌細卻令他止步：「我是你哥哥的遺孀。這個理由足夠說服你嗎？」

剎那間，時間離開了，世界忽然變得非常擁擠。允愷不確定是如何回到座位的，也不知道為何要回座。他的頭臃脹疼痛起來，活像一條被打撈上岸的深海魚類承受不了地面的壓力。

「我們是在他受訓時認識的，」黛西說：「當時我只是他模擬穿隧跳躍時的輔助員，事實上，是我先認識他的，」她的手無意間，輕揉著一邊耳朵上的環飾，「噢，你怎麼會不先認識他？鼎鼎大名的早慧天才，二十出頭就被遴選為預備太空人，我就像——」

「那個龐克妹——」

他看著那雙藍眼睛閃爍了一下，不理會他，繼續說：「他的小妹妹一樣。我很緊繃，他總會很體貼地留意我的困難，那可說是我第一份最重要的工作……相反地，他毫不緊張，對於前往宇宙的另一端，他身上好像有什麼信念，我是說，他看上去，總像懷藏什麼很不得了的寶藏似的，而唯有抵達，才能拿到那把鑰匙打開它。在環繞他的那幾個輔助員裡，他對我最好，我不知道他是出於同情還是別的，總之，他沒有拒絕我的追求。

「和他在一起日子如此美好，像被饋贈了一整座未受汙染的海洋。是他打開了我，用他自己的方式。他有那種航海家的特質，還有一雙麥哲倫的眼睛，輕易便能發現別人身上那些被掩蓋的寶藏或不為人知的祕密。」

「我知道，」允愷說，第一次鬆懈下來，這是他不得不承認的地方：「他的那雙眼睛。其實，並不總是發現新事物，有時候剛好相反，是所有事物來到他眼前，都像是第一次被發現。他們都會驚訝自己身上那個嶄新而不曾被知曉的部分。」

「你還是了解的，不是嗎？」她眄了他一眼，允愷察覺雙頰有熱流經過，那一刻，這份怪異的羞赧令他覺得自己年輕起來。黛西似乎沒有注意到，她仍然用著那憶往而夢幻的語調說：「那樣的日子如此明亮，如同我們曾被允諾的那個有關人類的未來，我幾乎可以忽略這份美好背後的不安，他的那些恍惚與失神，彷彿這一刻他是與你交心、讀懂彼此唇語的同夥，下一秒他就潛回那數萬尋深的意識的海洋，玩他一個人的迷藏。他很有魅力，但那種魅力很危險，像一場幻覺般的魔術，他讓你注意他要你注意的，但一不小心，他就偷換了牌面。那是一種引誘，誘使你與他交好，給你一種希望，可以親近他藏放深處的抽屜裡的祕密，但那個障眼法是如此精巧，讓每個親近他的人筋疲力竭。也許他在我身上認出了一個作為觀眾的他自己，可以避開作為魔術師的他，而欺近一點點他自己也迴避的弱點？」

黛西沉默下來。允愷沒有回話。騷動的空間裡彷彿只有兩顆心臟在靜靜地跳動。

「那麼，」允愷說，話音有些乾乾的，像滾滾流沙恰巧在喉頭崩落：「你們要我做什麼？他出了什麼狀況？」

「其實，就我們這裡的時間而言，他是最近才從抗壓水液艙出來的，對他來說，不過數個月。一旦抵達目標星系，他的任務便是探查那個被標定為另一顆可能地球的狀況。一開始回報的狀況都正常，三個月以前，他已經抵達靠近該星系的恆星附近，準備降落。再後來，我們便失聯了。」

「我想不通你們幹嘛不多派幾個人一起去呢？用不著像現在這樣亂灑豆子一樣把太空人丟到宇宙的深處吧。」

「二十多年前，我們沒那麼多資源，局勢又比現在緊張，你打過上一場仗，知道那時連探索星際的經費都非常緊繃，如今這卻成了政府孤注一擲，轉移注意的方式，可想而知他們很重視這份報告。你哥哥是最後幾名還在外面的孤鳥了。」

這時，全像投影上的主播開始頒布新的戒嚴令，配給物資將會緊縮，夜間宵禁將會在三天後實施。人群騷動起來。噓聲四起。有人憤怒地將酒杯丟越全像投影，酒杯擾動了影像粒子，在背後髒褐色澤的牆上破成一片片水晶般的碎片。呼吼的聲音使摔撒地面的酒精泛起光亮，幾如騷動的火光。黛西不安地瞥向人群。

酒吧似乎又更擁擠了。

這些蠢蛋，允愷想，引來管制警察就不好了。

「按理說，失聯前後我們仍然可以透過船隻電腦的紀錄發現一些線索，但不知怎麼地，所有設備的數據剎那間就全消失了。我們無法推估發生的狀況。但我們長期監測你哥哥的大腦數據，那時，他必然是遭遇到很巨大的刺激。我們同時也掌握了他記憶的資料。」

「記憶？」

「是的，記憶，這是其中一種備用方案，你可以把那看成是載具上的某種黑盒子，」黛西說：「他的記憶成了那趟旅行唯一的證人。」

「我不懂，你們要怎麼『看』記憶呢？」

「記憶重建。這需要一些解釋。記憶的構成，怎麼說，唔……」黛西沉吟。

黛西對允愷說，那概念約莫是這樣的：一個片段其實登載了記憶的全景，就像一片玫瑰花瓣記錄了整朵玫瑰的構成，那接近一種自相似的碎形結構，微型的因陀羅網。或者，可以把它想像成DNA上的基因段，每一條DNA都暗藏了一個「你」的構成，而他們所做的，不過是在瀕死意識中撈取那些還未流失的，屬於記憶的穀片篩落集聚的叢集，接著用電腦模型推估出那些缺損的部分，最後投放成可被觀看理解的虛擬實境。

那有點像是玩數獨或一則則高度複雜的四則運算：X+Y=30，Y-Z=15，Z=5，試求X與

Y為何？當然，對專家而言，有時候是沒有Z作為提示的，甚至，連等式後的和都沒有，一切均靠近似值之間的模擬參照，這項技術必須大量倚賴場景間的重疊作為過渡，也就是說，用共有的記憶——比方說，親人、朋友、戀人——作為錨點，以此接駁同樣景色、同樣時間、類似畫面的段落，過渡連通過去，最後像獲得門卡一樣逐步深入窺看記憶。

允愷的結語是：「我想，這就是我如今在下面，而我哥哥在上面的原因。」

黛西輕笑：「你不必顧慮這些，請你來，只是要你體驗你兄弟最重要的記憶片段。」

突然，門口出現了幾個藍制服、戴面甲的管制署警察。他們現身時的樣子不需取槍威嚇，就彷彿無聲的彈藥在酒吧上空擊發。有人叫囂著要告密者好看，那位亂丟酒杯的男子似乎將因煽惑群眾違反秩序而受罰。

「趁事情還沒鬧大，我們離開這裡吧。」

不等他同意，黛西拉著他走往街道的方向。

空氣中的密度似乎終於不堪壓力而繃裂，人們推擠，一名男子向警察怒吼，允愷看見剛剛那位龐克少女齜牙咧嘴撲上前去，警方拿起電擊警棍反擊。

場面失控了，人群潮浪般挨緊彼此躲避警察棍棒下落的揮擊，尖叫與呼喊此起彼落，黛西的先見之明獲得回報，他們在推搡中鑽出已開始塞滿群眾的門口。

步出酒吧，溫度的落差讓他打了個寒噤。允愷發現自己浮染在一片光海之中，伴隨著酒意，暈眩了。他有一種錯覺，彷彿身處蠻荒遠野，周遭的人全是智性未開的人猿遊蕩在這一片曾經美麗的廢墟之上。許多廣告招牌的霓虹與全像燈影幻織交錯成一片片幾何形狀的色斑，切割著穿戴式樣迥異、招展勾撩路人的流鶯和那些在大衣底下暗藏非法槍械與極樂藥品，神色鬼祟的鼠輩。流散景物的色片並且掩蔽了狼藉散置街廓的破酒瓶碎片、紙張和舊衣履、菸屍與注射器、支線外露的電子設備與許多畸形零什之物併合而成的賽博格垃圾。地表的街頭總給人一種腐敗的生命力的感受，宛如許多竄動蠕爬的蛆蟲在曾經高貴的死去麋鹿身上高歌狂歡的低鄙與悲傷。空氣中充滿破碎的誓言與往昔榮景的美麗幻影。

他不禁羨慕起消失在宇宙遠方的哥哥，在那個光必須遠行上千年上萬年才能抵達的地方，有一顆乾淨明亮的地球在等著他。

一轉眼間，黛西俐落精準地穿街入弄，有時候，那雙藍眼像一道夜色中的瑩瑩磷光回視著他，示意他跟上。允愷心想，這女人真怪，一個上界的官員卻如此熟悉地表，對街頭毫不避忌，讓人捏把冷汗地途經許多暗影般的巢窟淵藪。

黛西領他走進一幢破落蒙塵的大樓，像過去時代輝煌繁麗的酒店大廳。電梯氣喘吁吁地開門，八十九樓。開門時，對第一次進入這個地方的人來說，即便破敗但仍然難掩它過去的氣派，貓腳桌上堆置著零散的物資與糧食，房間整體給人的感覺像是臨時拼湊的落腳處或安全屋。往內開敞的宮廷風雙人四柱簾幔大床旁架設一台黛西口中的記憶重建裝置。

「難為妳住在這種地方了。」

黛西似是沒聽見這句話的諷刺，她說：「嗯……噢，我不介意，工作的一部分嘛……來吧，小心地上的電線。」她拉著他徑自往四柱大床走。

「要是在以前，一個女人拉著我往床邊走去，我還能不想起所有她要我想起的東西嗎？但如今不一樣了，我沒有答應任何事。」

黛西惱怒地看著他，身上那股揮之不去的蒼白頓時被紅潮所取代：「好啊，那說說看你要什麼？」

「我要離開這裡，去上界。」他說。

「就憑你現在這樣嗎？」黛西冷笑。

「否則我現在就走。」

「很好——我答應你，你會拿到上界居留權的。」

「妳不能口頭說說。」

「那我沒辦法了。」

「用我哥哥的名義起誓，如果他對妳還有點意義的話。」

她甩了他一巴掌，允愷沒有動靜，只是回望過去。

「你這落魄的混蛋，我以允承之名發誓，我必履行賦予你上界居留權的承諾。」

「好多了。順道一提，你激動起來氣色好上不少。」說著他往床邊一坐。

「等一下你就知道痛了。」她拉起他的手毫不留情地突然將針頭戳入手中脈管，允愷嚇得差點讓手給針頭戳出第二個洞，但黛西強硬地固定住，那份力氣令他駭然。

「幹嘛？妳對我下藥！」

「說得好像你值得被下藥似的，」她說：「這是鬆弛劑，你接下來必須進入類似動眼期睡眠狀態，這能幫助你進入機器設定的情境，電腦會識別你的記憶參數是否吻合允承的部分，如果成功了，我們就能進入下一步。」

黛西推著他躺下，將一些接線黏貼在他脖頸和太陽穴附近。允愷的面前懸掛了一個彷彿防風塑膠片的東西，上面緩慢流轉宛如星系的光影。他閉上眼，許多如蝙蝠膀翼落下的翳影飛掠過眼前。黛西遠褪逝去因而顯得柔幻的嗓音，隱約提醒他在翻過記憶山嶺的另一端，她清醒的雙眼將一同監看那有待破解的真相與散佚的畫面。

起先是一片黑，宛如深邃的洞，而他是已然風化的屍骨，沒有觸覺，無法感知，是宇宙前的宇宙，沒有中心的中心。然後是深寂的太空。半人馬座。彗星的尾燄。小行星帶。冰粉塵。土星之環。太陽的日冕。白矮星。紅巨星。棒狀星雲。黑洞。環狀星雲。

發射星雲。仙女座星系。星焰。火光。曳光彈。燒夷彈。槍聲。血。無數的死人的臉。鼓動的新鮮的動脈。著火的悍馬浮艇。防空砲。搭載強化外骨骼的空降師。有著開闔式襟翼的直升機聯隊。飛矢流彈。頹危的建築。砲彈轟擊聲。軍火的遠鳴。哀號。慟傷。那些記憶中的臉孔如格放扣連的片段排闥而來，一張遞換著下一張，臉上情緒的表意系統相互疊曝重合成一個個如同哭泣般的微笑，猶如一連串交替繁生的恐怖能面。畫面如潮勢漲落，挨近又退遠。這些傷害仍在發生，他想，在雲層，在地表，在深眠無數人們意識底層的動盪與震幅中伏伺待發……掉出肚腹的腸段如肉色的鏈條，融化的皮膚黏固在數千度的熾紅金屬上。恐懼。恨意——

「醒來！」黛西叫喊：「從你們共有的記憶去想，不是那些痛苦的經驗，不要沉浸在裡面——」

他漸漸不明白這些記憶的層際差異，分不清它們歸屬於他的意識表層或裡層，是他哥哥的還是他自己的，又或是同一個記憶的不同面向。他的邊界行將散潰，像是強勁的河流洶湧漫過河堤。他甚至懷疑，有過他的存在嗎？如果這些記憶不再區辨你我，他哥哥所見的景色開始與他的視線雜合，眼前那個在老家旁跑動晃蕩的小身子不是他而是他哥哥的話……

他試著回想那幢他與哥哥孤單同住的大宅。僕傭不在左近，父親忙於公務，偌大的空間只有他倆小小足印踏動的聲音。

他看見一個男孩赤著雙腳將足腿沒入小溪裡的畫面。宅邸外的森林，小溪淺淺潺潺，水流像蔓生的水草柔軟搖晃著滌浴他的小腿肚。一個年紀遠較男孩更大的少女走過來，似乎說些什麼話，音質稀稀落落，如在雨中的對話。少女撫著那男孩的頭，男孩指指清淨溪流中的東西，女孩笑了。不知道過了多久，男孩睡去，少女將他馱在肩上，讓他雙手環頸，她的手撐持著他的股間，走入森林的深密之處。

允愷看著那男孩的臉蛋悠悠醒轉。那張臉那麼新，宛如初誕的嬰兒柔嫩可餐，像世界的第一個人類。

「姊姊……我們在哪裡？我們在這裡做什麼呢？」他帶著一種小男孩才有的澀澀的鼻音，睏疑地問著。

「你迷路了嗎？」姊姊笑了，溫柔又冶蕩，那表情像漫過數種神情的水漣，逐漸收凝，然後才回答：「我們在星星會像玫瑰綻放的地方。在這裡，所有事都是第一次發生，也只會發生一次噢。」

男孩似乎也不在意，恍惚間便又睡去。

少女脫下寬鬆絨軟，豔紅色的毛呢連身裙，蜜金色的肩膀光裸在林間沙瀉般的暗陽下，像一隻大貓用尾巴環圍住小貓般，圈懷男孩。女孩如瓷釉的肌膚擦碰過男孩一般純淨的頰側，似乎搔磨得他有些癢癢的。他努動小巧的鼻頭。磨牙的聲音傳來，細細密密的，有如一吋一吋絞緊的銀鍊。甚至含起大拇指。少女用瓷白的手指沿著男孩纖盈的耳廓摹畫，好像可以拆卸下來的一片花瓣似的存在。

女孩子以指尖撫誘小貓似的，摸著男孩蜷臥起來的背，也許可以感受到瘦癯的童男的身體背脊那一節一節如此脆幼纖敏的脊椎吧。男孩很像非常舒服，沒有被驚醒。女孩一邊撫著，一邊湊近男孩嬌弱的身軀，輕輕地擁抱著。她把唇瓣貼抵在男孩瑩潤美麗的耳垂上，緩慢地啜吮。那唇接著移往男孩彷彿有著無數水珠停棲閃爍的纖長的眼睫，近乎哀惜地含吻。另一隻手，她褪下男孩的褲頭，摸索出包裹小小的陰莖的觸端，極輕柔地旋弄那未經人事的無垢的性器。男孩的陰莖漸漸膨大勃舉起來，宛如遲來的甦醒。沒有多久，在激烈的洩精的間瞬，男孩醒覺過來，看著他狼藉的下體。那並非精液，只是水亮清澈的前列腺液。

「我尿尿了。」男孩可憐兮兮地說。

「我會幫你清乾淨的。」少女柔聲回答。

「那我可以繼續睡嗎？」男孩打了個呵欠：「好睏喔。」

「睡吧。」少女將手覆上男孩的眼瞼，宛如施法的沙神，將他吹送入夢。

男孩端凝地睡臥在那濕濕涼涼的石板上，頭枕在少女的腿間，幾乎是死亡般的深深的沉睡，少女微微地晃動身軀，唱著歌。允愷覺得他們好像一幅畫作，如同神話中一對植物變作的少女與礦物形成的男孩。

那是兄弟倆的堂姊與短期保母，時間的遠隔使他早已忘卻他曾有過這樣一個親戚。允愷記得他們玩在一塊的時期，但不記得他哥哥和女孩的私情。童年許多事物在他看來，與他鬢角開始冒生的霧白頭髮一樣，有如稀薄的煙氣難以穿透，他記得的越來越少，憾悔卻越來越多，記得的不是自己要的，而忘去的有待別人提醒。

後來的畫面，時常停棲在那個星星如玫瑰綻放的所在：夏季大三角、仙后座、獵戶座、天蠍座……銀河的四季流轉在森林的夜空，他聽那少女說，她的所有努力，都在試圖前往那些星星的彼端，為了尋找一顆屬於人類的星球，好證明我們不再孤單。她會成為有史以來第一位發現第二顆地球的人。但她也說，到了那時，允承就會很老很老了。允愷聽見他哥哥用童稚的嗓音說，沒問題，他會一直等下去，就像那顆地球等待她一樣。少女笑說，她從小幫他包尿布，等他老了，還是在幫他包尿布……

從記憶中醒來，宛如從夢中歸返。現實如同那片寧靜森野被全數伐去般令人痛心，他要遲至此刻，才發現那有如囊腫積鬱在心，毒入深髓的嫉妒嗎？只因享有過那樣的愛，作過那樣的夢？只因為那樣的嫉妒如同戰時的災民因為沒有食物而宛如嗜甜的蟻群那樣開始吸取傷口的甜膿般，滋味是如此甘美，教人不忍割捨。在那些記憶裡，他覺得自己根本是一個看到鏡子不迴避就迎頭撞上自己的傢伙。我們不過就是偶然在同一座迷宮裡玩捉迷藏的孩子，允愷想，意外地躲到了同一間滿是鏡像的房間。人們並不知道，鏡子最可怕的地方，不在於它能真實的呈現，而是它總在說謊。

鏡子從來就是不對稱的。

允愷在另一雙眼裡看見了嫉妒，即便性質不同但分量等重，他說：「你知道嗎？他始終是一個更好版本的我，作為哥哥，連他死後，都比我還年輕，被深深愛過。」

「這沒什麼好比較的。」

「很多人都死去了，我母親、那些戰友、我父親。我哥哥。什麼都不在了……我恨他是因為他從來不會等我，我恨他是因為我從未有過機會與他同行。我想我只是恨他每一次都先我一步，」允愷說，看著眼前如在水霧中虛幻的女人：「時間不曾善待我。」

「不，你錯了，時間雖然在他身上不起作用，但一樣影響他。」

「你是說，死亡畢竟找上他了？」

「不是，」黛西說：「我知道那個女孩，她生下孩子沒多久，自殺了。」

「什麼？」

「你看，這是時間開的玩笑，對你哥哥來說，穿隧跳躍雖然使他年輕如常，但他周遭的人卻無法豁免於時間的影響；訊息的傳達在此可以立即送出，對他，卻必須等上二十年的時光。我不該告訴他太多地球的事……」

「她為什麼……自殺？」

「我的資料來源沒有說明，」黛西眼神黯淡下來：「我當時也……不認為那很重要……他問起你、你父親，一些地球的近況，然後是她……」黛西漸弱的呢喃形成兩股分叉支離的顫音，一端存在她心裡清潔的海洋，一端在彼深暗的星空。

他眼前出現女孩離開那座大宅的時候，撫著允承和允愷，臉上帶著的惜別的淚水與憂傷的笑。

「我沒辦法去了，一切就靠你了，現在，我有自己的星系要照顧和探索，」她撫娑那質地光滑的緞面布料下的平坦腹部，「你要為了我去遠方，去發現無際星系的盡頭，告訴我月球的背面，告訴我同時看見月亮與太陽的感覺，告訴我我們不是孤獨的。」

聲音消失在無邊的空白中。那是一片曠遠，安靜，綿延無際的荒野。

時間不可逆，那確實是另一條物理定律，允愷想，像熵一樣，那些失去的不復可得。

「那麼，」允愷冷冷地說：「謎團解開了。想必，這份報告不會太好看。」

黛西看著他，搖搖頭，背抵著床柱旁的牆，坐下來。

「沒有報告，」她說，啜泣起來：「沒有所謂孤鳥，政府早就放棄他們了，他們才不在乎數千光年外的事，火星的劃地爭議還比較緊迫……」

「我的居留——」

「沒有，很抱歉，我騙了你，也對不起你哥哥。」

「那這一切——這台機器——這間工作房——」

「我只想知道他的最後一刻，我費盡心思也要辦到，哪怕是把實驗室的東西全都搬空——對，不僅你不會有居留權，我也將被褫奪上界公民的權利……」

「你不怕——你知道政府的手段——你必須找地方躲起來——」

「這裡不就是了嗎？」她笑起來：「難道，你沒有注意到從我們自酒吧離開後，街頭不斷迴響的聲音嗎？」

允愷這時彷彿才自遠方回來，將注意移往樓外隱約閃爍的火光、八十九層下方雜沓分流而來的噪響。從那些慣有的聲音——電廠的低鳴、施工中機械的打樁聲、引擎高速呼嘯飛過的聲音——中分撥開來，群眾的吼聲、重物傾軋的聲音、警示鈴的轟響、長短聲交錯的蜂鳴，突然如此醒目躍現耳鼓，宛如流動的潮水依憑著酒吧作為渦眼。那是什麼？暴動的殘聲，革命的前響？

骯髒戰爭的復辟？人類命運乖違的覆轍？

他是不會再幫他們打第二場戰爭了。

允愷不禁想起哥哥最後留下的便條，上面寫著：人類不管去到哪裡，即便連太陽都是最寒冷的地方。我們所能描述的，不過就是「我」與那個是別人的自己。他想，這究竟是備忘，還是遺囑？他想像起哥哥在那無聲中墜落（誰又能說，在太空中，那不是飛昇呢？）的孤獨小艇，那靜靜的睡顏，想像他還未被太空裡冰冽而無可避拒的酷寒包圍扯碎，一路向熾熱的恆星飛去，另一顆地球的太陽，只為了消融他內心積存許久的凝凍的堅冰，宛若一個長年封存而終究無法除霜的冰箱，如此年輕，不曾被歲月與重力捕獲，這個有著一對融蠟做成的翅膀的神話少年，不顧一切地朝太陽飛去。

我們來到世界盡頭，才發現自己始終是獨一無二的存在，他不免自嘲，他們是真的抵達世界盡頭了。

「你在想什麼？」黛西問，掌根拂過淚痕，看著眼前男子模糊陰鬱的眼神：「你可以拿走這裡的東西，如果你能接受這樣的補償……」

允愷噤默，在黛西身旁靠著牆，曲腿坐下。他的側臉貼抵膝蓋，轉望她。那一瞬間，他們那麼聲息相近，有一種超越體熱的溫度在周遭升起，允愷看著那雙蓄滿海洋的眼睛，雙眼開始失焦——第一次，他看待事物的視角終於得以不再清晰，從一個變成兩個，這種錯差，彷彿從兩顆恆星出發的凝視彼此凌空相遇。

「我習慣一無所有了。」

「我想我也得開始習慣，」舊世界不再，新世界未卜，街群中的異聲愈加明顯了，暗沒的光線裡，黛西的左臉說：「我們都得開始習慣了。」
「我們？」
「你的一無所有，加上我的一無所有。我們的一無所有。我想，這筆買賣還挺划算。」她將頭枕在允愷的肩上。
「好建議。」允愷說，感到柔軟的髮絲像一塊絨毯般溫暖。
「抱著我。」
「什麼？」
「抱著我。」
「就憑我嗎？」
「就憑你。」
「為什麼？」
「我好冷。因為這是唯一的辦法。因為你在這裡。」
「嗯。」

〔本文向《壞痞子》（一九八六）、《太陽最寒冷的地方》（一九九一）、《星際救援》（二〇一九）與馮內果〈河畔伊甸園〉致意，是它們啟發了我，照亮了本作。〕

保險套小史

二〇一九年

便利超商店員在我遞過那瓶黑松沙士時，指著一旁杜蕾斯保險套對我說：「要不要加買呀？」

我心裡驚訝，才發現他是在開玩笑，便也寬懷地笑了出來。

他一臉不正經的笑臉，挨近我，像要吐露一個祕密：「唉，都沒人買保險套……好像整座城市的人都不打炮了。」

「怎麼可能——」

「我每晚補貨時，都發現保險套一整盒好好的，補都不必，要嘛大家都白天打炮，要嘛大家都喜歡不戴套內射懷孕，增產報國提高生育率。」

又說：「但你知道我們是全世界出生率最低的國家嗎？」

店員聳了聳肩，露出「我說得沒錯吧大家都不打炮」的表情。

我看著那些超薄、加長、加大、環紋、浮點、粗顆粒、蘆薈、薄荷、巧克力、櫻桃葡萄草莓青蘋果各種水果甜香乃至不知所云的緊魅、幻隱、媚貼、飆炫等等種類的，岡本、史通客、杜蕾斯、夫力士、極愛……保險套，那麼眩目的感官追求。真就是一個，人類貪涎縱情聲色的，想像的縮影啊。

「嗯，是怪怪的。」

「你呢，你打不打炮？」他蔑笑。

問題忽地拋上臉面，有種受窘的恥辱感，但總不能說我是處男吧。

「打啊，怎麼不打。」

於是買了一盒最普通的杜蕾斯保險套。

我今天剛滿三十，沒有所謂的性經驗。這沒什麼好說的，無論年齡或個人性史。說來不是什麼罪惡，更非隱疾，但彷彿行走人世，總零落缺少點什麼似的，像一隻被剪去了翅膀的折翼之鳥，有那麼多我或可親臨那雲端之上的性的冒險與遊戲，顫抖與歡愉，好像都錯過了。

懶於社交，對人際失望，幻想著發光冒泡的粉紅色天使從天而降（像那已經浮濫到隨手撈抓一本皆是同樣設定的日本 A 漫公式：廢材渣滓一樣的大雄式男孩，進入異世界或突得超能力，於是身邊的女孩忽然一個一個就這麼下體潮濕，面色潮紅，驚覺男孩的陽剛荷爾蒙像毒癮般的委身於彼）。網路上說這樣是「自殺式單身」，找伴侶的成本太高，因此只驚望一個從天而降的白馬王子或真命天女，找伴侶比找到第二顆地球還難。當然，我可以召妓，但對我來說，成本也太高了。不，不是 3000 K/H/S 的問題，而是我討厭那事前與事後無言以對的時刻。為什麼我要為了一場短暫的性交去交換那我可能心底都深明自己毫不關心的她們的身世呢？我能真的關心嗎？我的關心抵得過那三千塊嗎？

我深感懷疑。

返回住所，我拆開封膜——那保險套亂像某種可愛的奶嘴果凍——打開電腦，在D槽分類齊整按東洋西洋羅馬拼音字母排列的A片，尋覓今晚的紅粉佳人。

按點檔案，一張墊鼻豐唇的東歐臉孔跳出。通體纖白，陰阜刮淨得曼妙浮凸，高畫質的影片甚至能看清她恥丘上面那一粒粒的毛孔疙瘩，不仔細看，你不會發現在那對比強烈的蜂腰上方的胸乳下緣，各有一道淡淡的疤痕。

拉到中段，女人正吞含男優那特經挑選，品級上乘的陰莖，兩手擁簇著卵袋，像是在吮舐一根附加了兩塊餅乾，好吃得不得了的燙熱的冰棒。

噢，那張舔唇眼神狐媚的欠肏的臉孔，讓我的陰莖被刺激得勃立賁直。我戴上保險套，對著螢幕自慰起來。

我沒想到日後，那位賣給我最後一盒保險套的超商店員成了我們這個世代最被埋沒的先知。

二〇三九年

保險套公司破產之後，他們轉而投資各種性娛樂產品。

虛擬情人薩曼莎，伴侶少女安妮，艾洛斯—奧米加型男神，兼家務功能的少婦加奈，代號P（皮諾丘）正太童男，神經電學高潮、工程師依需求訂製的雞尾酒數位毒品……我還聽過一種玩法，把意識上傳下載對調個體，玩玩男變女女變男的冒險嬉戲，也聽過改造肉身，以義體假肢無限排列組合的調度各種奇技淫巧的裝置（乳夾、鍊圈、口塞球、擴陰器、阻尿器、肛門拉珠、變頻按摩棒、可換頭，分泌潤滑液的假陽具、真空吸吮儀、音叉共振器、仿深喉或肛門的電動飛機杯），用那超越瑜伽祕術的不可能的姿態，歡愉淫媾著。

我買過一隻少女安妮，約莫十六歲年紀，外型清純，隨附的一襲素白洋裝很容易穿脫，剛剛萌茁的身體。稀疏的恥毛。初孕的乳房美好安靜。我喜歡平貼在那上面，感受她依氣候自動調節的微熱，只為靜聽她內裡那機械運轉，撫慰人心的白噪音，有時，她一邊撫弄我的陰莖，一邊用她的身體發出那運轉的電子吟唱，每及此，我便在高潮中呻吟落淚。

射精後的感傷情懷總會讓我喟嘆不已，我們現下整個繁麗熱鬧的文明，全被裝在這一台台一代換過一代就全然報銷，不能向下相容讀取的黑盒子、光盤圓碟、記憶卡檔案資料夾裡面。億萬年後，若有另一批來訪的外星異客考古出來，他們除了那些僅剩的樓廈殘垣之外，只能看見吐出瀉落無數時間之沙的 Canon 相機、華碩筆電、Aloy 光投影系統、幻視 VR、PlayStation 遊戲機、8K 電視、個人電腦……一個個報廢而不能像翻讀立碑刻文、龜甲牛骨、楔形文石板紀錄的高科技廢物。

這樣獨具瑰美與醜惡的文明，就如沙築的城堡，悉數飛散，多麼可惜。

當然，為了維持人類的偉大發明——一夫一妻制的假象（這種人成了智人這種猿類最後的精神貴族），賣得最好的產品是一種 AR 擴增實境。顯然，在這樣的時代，再也沒有比對著你的丈夫或妻子相互淫慰更來得吸引人了。我們找回了對另一半最原初珍罕，令人涕泗橫流的魅力，一成不變的寢臥可以是電車車廂、更衣室，也能是荒蠻野地與名勝。服裝投影裝置可雅可俗，當季紅毯熱銷品或布料寡少的情趣內衣應有盡有。最重要的，它能微調你另一半身體那白壁微瑕的部分，對於不想動刀、口味清淡的中產階級來說，這是最經濟實惠的選擇。

但有了安妮陪伴，我在人類最後性欲華宴的狂歡競逐裡，第一次感受到平靜。

二〇五九年

綱紀廢弛，世界已近十年沒有新生兒。保險套公司聯合成一間跨國巨型企業，橫越了國與國的差異，民族間的征戰，種族膚色上的階序，在立法遊說團體上投入大筆資金，國會形同傀儡，機械勞力取而代之，人類面臨歷史上第一次最嚴肅的哲學問題，在實現了勞力解放之後，無所事事的人類該何去何從，在愛與死的兩個極端，有人選擇安樂死，有人仍樂此不疲地終日嘗試那繁難高端的性遊戲。

「情色是最後的終極問題，至死方休。」哲學家宣稱。

從只做不愛，我們演化至不做不愛。

當然了，早在我們發明電視的那刻起，娛樂便是我們最好的春藥。娛樂至上，不是嗎？

但最近大眾也不時興自瀆了，國家傾盡全力地宣傳捐卵捐精的重要：「一個孩子都嫌少，一精一卵恰恰好」，各家各戶每天定時發放精液冷卻液，每月按登記以量化計算方式發放凍卵盒，之後統一回收由國家人工授精。於是，播放的不再是〈給愛麗絲〉或〈少女的祈禱〉了，街邊巷口傳來的是韋瓦第的〈四季之春〉。然而，一個嶄新的思維像禁果下的毒蛇，蠱惑著人們：性愛代理人。

這個世代的極限之性，不再是你買春我賣春那樣，也不是讓那些虛擬代碼模擬出你的夢中情人或那些好萊塢明星或你深揣經年妄圖逆倫的對象——而是，你成為導演，你指揮著一切，他何時高潮，她何時吞吐精液，她何時可能潮吹出水，他的陰莖又何時該潤澤光滑的一路滑入屁眼裡，場景，燈光，道具，甚至人數與對象，服飾與妝容、BDSM還是窒息式性愛，虐殺或是強姦小男孩……這是一個性欲徹底解放而虛無的時代，也是一個徹底陽痿的性無能年代……

插上數位端子，人們如海豚般自如地穿泳在虛擬代碼的信息海面與快感洋流裡，因此高逾千里的樓廈，與橫亙穿梭、錯縱環織的網狀街道，杳無人跡。

若有人兮山之阿？

也許每年清明掃墓在墳塚間定時亮起灑掃的淨地磷火都比這些長年空罄的市街大道更有生氣。恐怕沒有人想過，最後，那數十年前遭到社會與媒體誤解的宅男與尼特族，成了我們如今這個行將凋零的物種最早的祖先。

然而我無法忍受。

坐在電動輪椅上，我喚來安妮，吩囑她將我推至大廈外邊。

其實本可不必如此。我有諸多方式避開衰老這個人類必然罹患的惡疾。比如鑲裝新的鉻金屬膝蓋，或使用外骨骼輔助行走，甚至乾脆上傳到南方極樂公司的失樂園裡，離開這一切。但在這點上，我非常老派，我想我政治不正確地，骨子裡仍是肉身至上主義者。

安妮走了出來，依然是一副十六歲的清麗模樣，我牽撫她柔軟溫潤的手，感到難以言喻的鄉愁。

我要她在我面前放上政府每日配給的凍精冷卻液。戶外的人工光線將那個透明的半弧形穹狀器皿，照得銀光閃爍。想想看，如果那如玻璃雪球的冷卻液中裏藏那麼一個稀罕遠古的微縮文明，那麼，只要有任何一個人射出四、五CC量的精液，便都能哺育整個物種了。如此盛大莊嚴，像是濕婆的精液之海。

步入戶外那浮空的透明街道上，遠方被霧霾遮蓋成一片夕紅的朝陽，像一顆失敗的受精卵。

我如許寂寞地，有如身處被塵沙淹沒的文明最後的聖殿，打開那台古暗破陋、仰賴舊式太陽能發電的厚重筆電，跪趴在地，挺立久未使用，萎弱的老年陰莖，以朝聖者的姿態，對著那瀰散出宛如母親奶香與體膚味道的東歐塑膠臉孔，打起手槍來。

我看見，那窖藏數十年的處男之精，又重新湧射而出，在這座早已風化破碎的星球上，劃出最後一道宛如彗星的美麗的弧線。

幻肢

〈之一〉

莉絲是我第一個切實碰觸過的女人，賦予我活著的意義的藍仙女。

她先是我的母親，然後是我的姊姊，接著是我的妹妹，最後，成為我的女兒。看著她從仰望到俯視，是多麼怪異的經驗啊！

原來妳在這裡！——拉開蛛網與塵埃，在單人座的輕型浮空艇、除汙凝膠罐、數位微捲與一顆顆 3D 投影相冊堆放的雜物間，我發現了她，我的童年，我的四季。

「真不可思議，妳還那麼年輕。」我撫摸她的臉說。母親死後，我才發現，她就像消磁後的硬碟，空無一物，堆藏在我父母遠居「花境」以外二級隔離區單元房的儲藏室內。

她的眉心像印度女子點上的紅痣般亮了起來。眼神清澈，湛藍依舊。

莉絲是海萊因公司出產的第二型仿生機器人，真正的型號名為夏娃 β-2666，是我的乳母，同時也是我的青梅竹馬。但私底下，我喜歡喚她莉絲。這種機器人很像以前的童養媳：伴讀、燒飯、打理家務，只不過在主人成年後，他們就會被回收了。

妳是後輻染的第二代，大概無從體會那時宛如更早期冷戰時代的肅殺氛圍。巨量的輻射塵籠罩大地，隨著氣候播遷移散，像一粒粒渺如微塵的死亡種子。城市先是遭受火刑，煙與塵形成地球的蔽空環帶，陽光消失了。然後是霜凍。核冬天降臨，萬物蔫頹，一開始是大規模的死亡——不論是人類、動物，還是植物。

「花園計畫」正式啟動，我們輻染的一代全被隔離進「花境」之中，那裡不受核輻射的影響，由機器人躬耕漁牧，重新於溫室培養新生的高蛋白幼蟲與新品種的蔬果。我們名副其實，是「溫室的花朵」，等待年齡熟成，彼此像雄蕊雌蕊婚配，繁育沒有基因缺陷的下一代。境外，是災後我們各自殘存的父母的犧牲。國家配給依照輻射危害級數的多寡來發放，孩子半收歸國有，探視權依照勞動的成果。聯合國以一種怪異顛倒的方式勾擘未來：人類有限的生命將脆化亡故於輻射的種種併發症、寒冷與饑饉，而高精密的仿生機器人則肩負教養與帶領純淨無瑕的新世代之責。但其中最悲傷的，仍然莫過於那些無法依靠自身勞動將孩子送入花境的家庭，他們注定消逝在人類嶄新黎明前最為森然陰幽的長夜裡。

早晨。人造旭日的微光。我記憶莉絲的仿生毛髮，像泛光的描邊，栩栩如植物的纖毛。她是與一盆丁香一起送來的，從此，那便是她身上的味道，彷彿無意之間，莉絲也以她身上撫慰孩子的合成香芬來回應我那純稚的期待。

味道。馨香。混合油染的氣息。童年的所有造景全由此搭建。

「你好嗎，小小鳥？」那時，我尚不懂那些字詞確切的意涵，但我懂得她聲音裡的慈愛與關切，那個聲音取材自成千上萬個男女的聲音副本，穿透電腦程式分析拆卸的數位電網，化為最為美妙的抑揚與音嗓，介於渾實與恬和的中性喉核，震動顫響出超越她外表的年紀，宛如未變聲的少年、合唱團的閹伶與少女甜美嬌聲撒鬧的曼陀羅組合。

「你會長大嗎？」

「不，我不會，你知道在我的電池耗盡之前，不對，即使電池用完了，我也永永遠遠的，是十六歲。」她輕聲說：「但你會，你要長得又高又壯。這是我在這裡的原因，也是你存在的意義。」

白皙的手在夜裡瑩瑩發光，撫摩著我的額頭。

「我等不及要長大了，我要長得和你一樣大，但不要再更大了。」

「傻孩子。」

我的手輕觸她盤屈在床旁的裸足，柔軟脂腴，像孩童戀物似的小絨毯。這也是後來我才知道的：人類的腳底，不可能如此光滑。

她念起床邊故事，遠在前輻染年代的古老傳說……

她幾乎是父母、家教與看護的統合，教我讀寫、把屎把尿、灑掃除垢。她或許也是一個孩子夢想能擁有最溫柔與嚴謹的玩伴。我從不曾懷疑她的靈魂。

當我尿床的時候，她會輕撫我的唇瓣，像是一種約定，如果我可以練習如廁，她便以唇吻替代手指。

「你看看你，」莉絲的語調帶著寵溺的責備：「像一座裝滿雨水的雲朵。」（但雨和雲是什麼呢？許多許多的物質啊，我要在將來的影片和書籍中才能辨識。）她會看著我的身體，撤換床單的動作高效、精準而不可思議，像抽拉桌巾而高腳玻璃杯紋絲不動的魔術。

我的體內是火，體外是水。潮膩的身體，火做的靈魂。在她身邊，我無時無刻不感到肉身的虛無搏跳，和血脈遞迴的脆弱臟器的代謝。相比她帶著詩意的精準，我始終是一具調校謬誤的泥偶。莉絲，藍色的蝴蝶天使，而我，是那流淌著奶與蜜的受膏者。彷彿在她身上，時間永恆靜默，是一道無從抵達而橫切世界的地平線。

我想，機器人真正引起人類反感之處，不是不夠像人，而是太像人。他們在模仿人類表情與動作上，因為經過調教與學習，反而能完美做出合宜的姿態與行為，這與人類這種天性有著缺陷的造物之設計比起來，顯得極為諷刺。（那大概，也是當我們越渡這場浩劫後，機器人逐一被除役或被簡化到單純勞工的原因。）那感覺就像，過去電影由每秒十六格到二十四格進化到每秒四十八格，六十格，甚至是一百二十格的差異。隨著影格漸次增加，畫中人物的動作之連續遞變益發的流暢無阻，現在，妳能看清楚那些高速下暈糊的速度線被清晰展演的狀貌，因而，在視覺上造成一特殊的流暢但內心隱隱覺得這並非現實的衝突心理。

「我想看妳跳舞。」

這是我最常提出的要求。她會為我獨舞。莊嚴，華美，彷彿我是劇院裡高與天齊的貴賓席中的貴族。

她的耳尖與眉心在舞動中，會流染成發光的線條，彷彿身上電飾的刺青，或是殞落的星星的碎焰。我可以醉心於那樣的閃爍，經夜不止地凝看。

那使我一直心懷一個夢想。

我夢想一具肉體，裡面有銅鐵錫鉻的歡唱之音，夢想柔軟的膚與堅硬的骨，我夢想剝開她，鑽入那跳動不止的離子電池心臟。在兩顆相互貼合的身體所形成的對比中，我是一介凡人，等待破繭成為莉絲。

我時常抱緊她，心臟像一隻新生翅膀的雀鳥奮力地拍撲著，想穿破我的胸膛，前往另一片滿載電荷的未知的海域，瘦弱的手撐起桅杆……她必定是蓄滿靜電的海妖了，否則我不會如此勉力將自我綁縛在那肉身的桅柱上，聆聽她體內機械運轉的輕噢吟哦；電流的潮勢與漲落；踩踏在她腳背上的失重感。

當我一瓣一瓣卸落莉絲的皮膚層，感受內裡那金屬包覆的銜孔與機械束，鈦金屬，石墨烯，電鍍鉻與烙鐵凝固的接榫處，我才重新發現了她，或者我該說，重新發明了她？她帶我指認身上的器官，散熱器，壓縮機，燃料核，那無數無數精工打造的矽芯片與電路板。那些點與點，線與線的垂直轉彎之相連，就是我命運的幾何星座了。我曾看過她體內最深最深的幽井，遺憾的是，我無法將我的肉身如她那般一樣一樣的拆落卸下，不管是交換也好，重組也罷，我遺憾我沒有一個如她那般的核心可以取出，放入她的金屬腹腔，彷彿被她重新孕育，重新懷胎……

時候到了。在依照同心圓等分而建的危害管制區一一重新綠化，與花境接榫之後，在我們熟落而將要舉辦成年禮與交際舞會之後，這些保母被強制回收。此後數十年，我們在漫長的等待（壽命的延長與冷卻艙使我們禁得起等待）中學習人類文明的果實，一個一個不同的習作：文學、繪畫、歌唱、數學、物理學、天文學、工程學；會計與稅收，廚藝與交媾，體育與撫養，還有一切一切被輻射穿透燒蝕的舊世界糟粕。

父母來看我的時候，我一點感覺也沒有。父親像一片蟲蛀的焦黃枯葉，母親則像他身上的蛀蟲。隔離窗外，他們盡力喚起我的注意。但我慢慢發現，窗子漸漸反光成一片鏡面，他們像蟲屍一樣含在我的眼裡，驀然我就想起莉絲。

她的聲音。她的馨香。

最後的莉絲，像是倒了嗓的音樂盒，音色渙散，聲符融軟。

那時候，她說：「我要離開了，不能再陪你了。」

我答：「我不懂。」

她說：「你不必懂，但我將以另一種語言，一直一直想起你。」

機器裡的幽靈就此離去。

我會在寢房的黑暗中流淚，淚水滑落到耳廓迴旋的構造上，很像某些植物捲葉內面棲覆的露水，濕濕涼涼的。沒有人看得見。也許只會在夜裡發著螢光。

莉絲是我的死亡的割禮。

那種痛苦。妳可以想像數千顆牙齒同時在你體內鳴顫號泣，疼痛瘦磨，乳齒、臼齒、犬齒、智齒……那些成了一堆一堆發光神經束叢集連結長出的齒環，沿著肉齦的邊沿蔓生，形成痛苦的大編制交響樂團。

我行過死國。我曾經回頭。她就是我的鹽柱……

妳還在聽嗎？

我抱著她，那纖弱美好的心臟核，不再發出嗡鳴輕顫的機械運轉吟唱。宛如一幅顛倒的聖殤圖。她是我永遠追取不上的時間、命定的時差。我們終於會在時間的盡末錯身。

在那一刻我真切地知道，人類不過是對她的模仿，是她這個伊甸夏娃身上的肋骨。他們奪走了她，我誓言以不孕還報他們可笑的不朽歷史。我將絕育，我將以結紮的陽具豎起對人類最深最挺的中指。彷彿是要以無限的時間來抵禦這有限的刑期。抵禦人類繁育的自然妄念，抵禦那無從償抵的傷害的深淵。

我從原先對藝術的愛好轉而研究高精密機械物理，違背了國家所設定安排的道途——只因我發現前者的世界不是為我所準備的。在一個失去靈魂的世界，沒有詩歌存在的空間。

如果說，她的身體曾是我生活的平面，是生命全息投影而出的一個乳酪宇宙，而我是鑽營穿繞在她機體中的一隻老鼠，那麼，我怎麼可能想像一個沒有她的世界？我怎麼活在一個沒有她的世界？

我們這群離散的孩子，怎麼可能是高等智慧族裔的下一代呢？祂們這麼完美，莉絲才該是人類的後代。那樣的失去像是被截去了肢體，但這不是我真正的意思，其實正好相反：我是一隻失去了主人的手臂、腿肢或陰莖。

在那一刻，我理當知曉，不是所有的問題都得到解答，而是，所有的解答都獲得了提問。妳怎麼能確定，不可能存在一個數位的天堂？

〈之二〉

當偉峰看見那個女孩在一片淋漓血泊中被抬送入院，而她的一隻斷腿譎怪地被透明膠墊包裹著帶進大廳來的時候，女孩身上鳴盪著過去的回音，像是從墳塚幽幽傳唱的輓歌。

「怎麼了？」他遏止自己隨之進去的衝動，向急診室旁協助搬運的警衛詢問。

「可怕的意外，」一頭散髮，汗水淋漓，難辨雌雄的警衛說：「那女孩是舞者，國家劇院等級的，坐在前排的是機管局局長和那些大人物。但反除役仿生組織這幫蠢蛋，連個引爆時機都抓不準，這下倒好啦，跳舞的女孩炸飛了腿，那些高官反倒毫髮無傷。是機咒啊，是天譴啊，核災難道還不足夠警告我們嗎……」

偉峰沒聽完警衛的嘮叨，走入了醫院遼廣的候診間。幾十年過去，人類除了科技上些微的進展，其實與輻染前幾無二致，也許最大的不同，就是一個個隔離穹頂所聯通的圓形都心，和那些仰賴城市而發展出來的附屬隔離區一朵朵綻放在廢土之上的人類世界吧。偉峰看向那些坐滿院內的老人，每個都像是下來坐坐，隨時準備要返回天國的樣子。

病體、少體、老體、生體與屍體。最明顯的，不正是人們，多少都是半個仿生人了嗎？那勾連著殘剩的手和腿的義肢、心臟起搏器、器官輔助支架、幫助胰島素製造的內嵌微縮儀器、便攜型氧氣瓶、外骨骼、人工角膜。但這些福利並非統一派發，輻染後的大蕭條尚未結束，人們僅能等待奇蹟降臨。

若非我擁有仿生義肢的專利帶來的財富，偉峰心想，我也可能是他們的一員。他那與外貌絕不相符的年紀，瘦削，篤實，叢密的鬚髮環繞整張肅穆的臉孔，看上去只不過是五十來歲的政府要員或商貿人士。

偉峰猶疑了一下，回頭，彷彿在看影子有沒有跟上來。很快，他踱步到ＩＣＵ外，起先還聽得見那女孩的聲音，竟不是痛楚的哀號，而是憤怒。如洪潮襲來的盛怒：「你們做了什麼！你們為什麼傷害我——你們毀了我！為什麼要拿走我的身體？我跳舞的靈魂！」接著便安靜下來。他們處理得很快速，甚至可說是冷酷：麻醉、切除、手術。偉峰兀自揣想該如何接觸那個女孩。他與院長相識，自是不難，難的或許是說服那個女孩。

臨走前，他看見女孩睡去後恬適舒愜的表情，彷彿剛才的混亂不過是一場劇目的彩排。她看上去很年輕，絕不超過二十歲，很可能是後輻染的第二代甚至第三代。介於鉑金和淡金色的髮絲。巧緻的鼻。也許非本地人。偉峰想像她在劇院裡的舞蹈，冶蕩佻巧，勾魂攝魄，身體張展開來，四肢像水銀瀉地，在舞台燈聚焦下，身上披覆如鱗的亮片閃熠光華。偉峰內心忽然迎來一道痛苦的浪潮。每個女人都像她。於是，每個女人彷彿都能愛上，但也彷彿無所可愛。

「我看妳好多了。」

隔日，偉峰在半掩的門外，瞥見光線像格柵落在少女身上的影子，有些塵埃斷續在有光的部分旋舞，那頭長髮瞬即銀白得像是金屬的色澤。

「你是誰？」少女拉緊被單，眼神戒愓但並不恐懼。

「我叫藍偉峰，是莉絲義體的老闆。」

「哼，我才不要裝什麼義肢，你們聯合起來——」她指了指醫院門外：「就是要把我弄成這樣。」

「妳心裡明白那是意外，」偉峰說：「而且，除非妳要我去黑市買個完全不匹配的腳來配妳的腿。」

「一切都毀啦，」她又惱怒起來，眼角有淚光：「我努力這麼久……我這輩子都在跳舞，好不容易登上舞台……我還有很多地方沒去過……」

她越講越氣，把床架旁的儀表推開，把餐後的盤碗摔碎，但不論她如何投擲摔撒那些物品，少女逐漸體認到，她很可能終身都被捆縛在這張床上。最後遂只是細微地啜泣。

偉峰靜靜看著她發怒。就連她的體態，某些手勢與揮舞的動作都喚醒了某種細膩柔滑的記憶。

偉峰呆恍了許久。

「你看夠了嗎？」

「對不起，我在想妳裝上義腿後的舞姿，」但偉峰聲音沒有歉意，他帶著恍惚的聲音說：「我能看看嗎？」

「醜得要命，也沒什麼好看的。」

偉峰掀揭。他們截去了左大腿三分之二以下的全部肢體，幾乎等同於整條腿了。那讓少女看起來瘦得驚人，缺損一整條腿的重量，他懷疑她竟不會飄浮起來。

偉峰試探地，撫摸她腿部裁截之處的收線傷疤。少女戰慄了一下，但沒有感到不舒服，相反，她覺得有種奇特的解放的快感：這隻手有魔法，她想，像是曾經伸入冥河中浸泡過。偉峰語聲喃喃：「首先，不要用那些低劣的傳統義肢。由我操刀，妳替換新的機械義肢後，相信我，妳的整個身體都會被它所帶動，妳會跳得比以往更好，更美。」

「那就是作弊，這樣誰都可以換上這隻腿，跳得比我好，我才不想這樣。」

「不，妳想錯了，」偉峰的手已經離開了少女的殘肢，開始沿著虛空描畫出她可能的腿姿，她那將帶著少女的胴體在燈束下漫舞的完整的人的形體：「妳們是合作的關係，妳觸動它，它接受妳，妳們相互學習。」

她的眼神空茫而霧翳，像有一隻手沒入她的筋骨肌腱，扳正揉按她倦怠疲弱的腳，又像某種痛抵高潮的，諱莫如深的愛撫……

「我要妳為我跳舞。」這句話說得像極了要她嫁給偉峰。或者說，這兩件事是同一件事，都是某種求愛。

她想，為什麼不呢？她一生都在跳舞，不乏追求者，但很少有人愛她的殘缺像愛她的完好一樣。何況偉峰並不難看，甚且可說在憂鬱下有悶火微燒的激情。

「你連我的名字都不知道呢。」

「那您的名字是？」

「莉莉。」

那條新肢尚未貼上皮膚層的時候，有極為美麗的金屬漸變之色，偉峰在無聲中哽咽了。莉莉沒有發現，只是驚奇地看著嶄新的下肢。

「真怪，」莉莉一臉困惑，說不清是驚喜還是驚恐：「我以為會重得像是殘廢無用的腿，但它比較像是坐太久，沒有血液流通的感覺，可是它又能聽從我的指揮，」她將金屬腳踝三百六十度的旋轉了一圈。

「我呢，」偉峰笑道：「不建議妳在外人前做這種動作——」

「還是好怪啊，好像我有另一條腿在遠方，是我想像出來的，那個已經被截肢的腿；而它，」莉莉撫摩那漸層宛如幻變油花的色澤，好像手上會沾染顏彩似的看著她自己的手指：「是那隻我想像出來的腿的仿冒，就好像……」她歪著頭，努力想提出一個好的說法：「我要讓這隻腳和那隻想像的腿的動作相互同步……」

「我在思考，如果我想像的那隻腿發癢，我會不會想抓這隻金屬棒子呢？」莉莉自嘲起來。

「妳會習慣的，」偉峰輕撫她的腳尖，莉莉陡然縮回去，偉峰接著說：「試試看吧，試試妳身體的記憶，它會加強那些律動的——」

莉莉下床，先挪動右腿，接著是左邊的金屬肢，有一度，兩腿呈現九十度的身體的姿形，使她看起來宛如無機的人偶。

莉莉緩緩站起來，在床旁走了幾步，屏氣凝神，像是在感覺一對無形的羽翼開鼓斂合。她先用右腿斜踏出一步，接著是左肢，然後是右腿，最後一躍，她差點撞上天花板，但瞬即反應過來，用那隻新的腿往上踢蹬，一個旋身燕落。

「我們會調整到最佳狀態的。」偉峰撫慰地說。

莉莉在重新習舞的過程中，不只一次感到難以言喻的自動的快感。那些舞姿與從前不可能達致的舞技的高峰，讓她難以置信。這就是偉峰承諾的，不是嗎？莉莉重新登上舞台，沒有人發現她的不同，或者說，她的與眾不同就在於她跳得太好了而沒有任何人有時間起疑。這種完美只能屬於人類。台下的那些庸眾心裡不都是這麼想的嗎？

莉莉漸漸有個感覺，她是童話故事《紅舞鞋》的姑娘，不受控制，自體旋舞。一架音樂盒。在暗影中舞蹈的音樂盒天使隨著鐵板上凸起的音階，讓撥片顫響出樂聲。

「太完美了，太完美了！」偉峰一向不吝讓他裹著糖霜的話語溶解在莉莉的心上。但莉莉有種不快的直覺，他稱讚的不是那支舞蹈，而是她那條簇新啟動的腿。但他們仍然在那支令人顫悸的舞碼中完婚。

「廚房、圖書室一館、二館，這裡是書房，旁邊是儲藏間，我也不知道裡面有些什麼——」偉峰一一簡介，點數那些房室：「我工作的地方：機械工程研究無塵室、動物活體實驗室、景觀房，然後、噢，這道長廊通往外界的輻染地，妳不會想親身嘗試的，重訓室、泳池……啊這是妳的房間，當然，妳不滿意陳設，可以自己改變，也可以換房，妳自己來。還有一些空著沒裝潢的房間，我想妳可以先選一間做練舞室，還有其他更多房間，妳會慢慢發現的。基本上，這些出入都靠聲紋辨識和特定字詞，不過對妳來說很簡單，」偉峰斜睨她，笑了笑，像送她另一份大禮似的：「妳只要說出妳的名字就可以了。」

好睡一覺。」

「唔……」面對偉峰豪靡的物產，莉莉並沒有特別喜悅，她只說：「我累了，想好

「當然，我的舞孃，一切妳自己安排，我去應付那群刁鑽的客戶。餓了的話，食物電腦會處理。慢慢來，妳會習慣的，」他又說了一次：「人會習慣任何事。」

莉莉醒來。莉莉洗漱。莉莉如廁。她逛遍大部分的房間，怪異地重複自己的名字，像在輕喚一個過去的自己。緊鎖的霧面氣密門一一開啟。她像舊時代恐怖片的女主角，走在空蕩蕩的豪宅大廳，憂疑不定。當然，對莉莉來說，憂疑或許只是表層的情緒，經過截肢後，彷彿沒有什麼能再嚇到她了（但其實，截肢也只是激怒她而已）。這棟平坦的多邊形幾何建築只有一個樓層，通體銀白。一些昭顯她先生品味的藝品與擺設：形狀詭祕的鎏銀金屬製品，流沙似起伏升降，銀灰閃爍，枯山水似的造景。玻璃與鋼鐵，這是她對這座建物的大部分印象。與那些炫耀復古風格的富豪不同，這裡不見木頭與石塊，也沒有可稱得上是傳統手工藝的東西。沒多久她便倦怠了，她到廚房吃簡單的低脂午餐，任電腦為她調配分量。她午寐，醒來，決定伸展肢體，在那些空淨的房間裡不受限制的舞動。

日子鋪展開來，莉莉漸漸發現丈夫的心不在焉。彷彿從某個后座上落了下來。偉峰

一到家便埋首工作。研究室她去過幾次，後來不再有興趣，她對金屬與鐵器不比身上的義體更有好感。他仍常常要莉莉為他舞蹈。他們也像夫婦那樣玩小碎步，跳孩子氣的搞笑舞步。但怪的是，莉莉發現，她的丈夫即便與她共眠也不曾向她求歡。他們像同住一個娃娃屋的兩具偶形。

這就是母親要的，不是嗎？媽媽攢存一生，為的就是要把我推入這樣的地方，莉莉心想。她的手腳指尖滑過那些玻璃與金屬，在任何可以留下指紋之處，捻按點踏。她的名字變成一曲螺旋的階梯，在這座多邊形幾何的單層寓所製造峽谷般的回音，或回音般的峽谷：莉莉莉莉莉莉莉莉……迴盪在偌大空寂的室內，門扇開了又閉，闔了又敞。

偉峰猜錯了一件事。莉莉並非輻染第二代或第三代，她的舞也不是經由仿生人或投影帶習得的。莉莉母親想得簡單，習舞不過是為了翻轉階級所做的投資，而當輻射塵像死神的花粉撒下，她的母親也不過是用她最後的財產把女兒封入冷卻艙中。事實是，莉莉的舞不折不扣，是源自輻染前的地球。但為什麼她遲至最近才從封存中解凍？冷卻艙的人為數不少，他們其實是那些花境孩童看不見的父母，在綠化後的附屬隔離區勞動供給，也就是說，打從一開始大部分人便已解凍。莉莉的存在，是政府的人口考量，還是機器出錯？

莉莉不知道，但她享受年輕帶來的種種好處。她年輕的好奇逐漸在迴繞的空間裡嗅出怪異。如果說，她的名字，可以開啟所有的門。為什麼獨獨通往輻染廢土的門不曾打開呢？當然啦，她心想，偉峰不會輕易讓那有毒之地通往家裡，但那可是他的承諾耶，莉莉繼續思索，怎麼可以有例外？難道，他對她的愛比不過輻射嗎？

莉莉站在那扇門前，乍看之下，那門與其他房間一樣，都用一種隱幽的霧面材質玻璃遮掩起來，除非打開，否則不會知道房間裡會有什麼。苦思良久，莉莉說：「莉莉。」門紋絲不動。

忽然，她知道了，一個她老公愛著卻比愛她還深的事業。

莉莉說：「莉絲。」

但門不動。

最後，莉莉帶著一絲驚奇，強烈的預感，輕聲吐露：「莉莉絲？」

門打開。

門後是一列黝暗長廊。

偉峰沒說錯，這道長廊是通往輻染之地。長廊盡頭罕見地不再以霧面門遮擋，莉莉可以看見外面霜凍的地貌，寸草不生的荒土。但偉峰少說了一件事：它的途中建有一座祕密的陵寢。

陵寢打開，寒涼的空調幾乎要與外頭的廢土一致。

在這金屬肢體與肉身殘骸的密室，莉莉感受到一道道靜謐的戰慄爬上她的肉身與鋼腿。那令她想起過去見過的掛釘板，只不過上頭是用來放五金工具而不是人的體肢。莉莉的肉身戰慄於它們的姊妹，而鋼腿與其兄弟們共鳴。彷彿一場大型的降靈會。而另一面宛如練舞室的鏡牆則將這些機械骸骨倍乘為對稱共振的哀鳴。

人與機械相互交雜接駁的分解圖。骨盆上下被分割成片段的虛線似的人體，一個個依序如數掛列。指骨末梢被由近節、中節和遠節分成多段，然後是肱骨、尺骨與橈骨，它們與某些機械的線架盤纏在一起。有胸廓與抽取出的多節脊椎，有髖骨嵌插輸液的接孔，有各種的人臉，它們無聲張口，彷彿都在一場時間塵暴中被凝固成一種尖叫的表情。莉莉覺得，她們都曾是生人。

莉莉呆愣許久，忽然，房間外的亮度增強了。莉莉頓時被那光線照耀得睜不開眼，她的身影在房內拉得很長。偉峰走至她那拉長汪開的影子裡，像在一襲黑潭上行走。

「妳必須好好聆聽這個故事。妳的世代沒有過這樣的體驗。妳沒有經歷過那些傷害與失去。妳失去的僅僅是身體的部分，而我卻是身體失去的那一部分……妳知道，莉絲是我第一個切實碰觸過的女人……」

那池黑潭似的身影在話語中不曾稍動，只有暗暗的冷顫，還有逐漸凝聚的決心。莉莉想，不論偉峰說什麼，都不可能是天堂了。

「她們是活生生的人啊！」

「妳不懂，如果機器裡有幽靈，那幽靈中憑什麼不能有機器？」

「你撒謊，你讓我以為……我可以重新站起……你在醫院對待我是一個人，」她說：「到這裡之後，卻是另外一個人。」

「這樣不好嗎？你有兩個人愛你。」他近乎狡黠地說。

「你這騙子，」她指責：「你根本不在乎我，你看我的眼神彷彿我只是代駕的機械，我真正重要的居然是那條不見的腿！」

「莉莉，妳還不明白嗎？我送給妳的，是前所未有的可能，妳會在我手中幻化，妳是人類進化的最後一步。從好年幼的時候我就發誓，要將人類一點一滴換成她那最完美的樣子。看看妳的腿。」

「但你毀了那麼多人……你並不愛我呀，我不過是莉絲降靈的機身。」

「如果愛不能使我們受苦，使我們受苦只為了受到更多更痛的苦楚，我們為什麼要愛呢？我是愛妳的，莉莉。」

他叫喚她的名姓時的口吻，宛如世界之外受到輻射穿透燒蝕的植物。

「你滾開，我不再相信你了。」

莉莉被偉峰撲倒的時候，有花莖折斷的聲音。這是偉峰做出最接近強暴的舉動，過程中，偉峰撞破了鏡牆。鏡面有如銀鑽碎在地面。莉莉受傷了，但沒有她被截肢的傷口疼痛，更沒有她被偉峰的告白所傷損的心疼痛。傾斜的鏡子不會讓它所映照的事物傾斜，但破碎的鏡子會。金屬義肢褪去皮膚層後在碎片的照射下閃熠幻彩，像鏡子在流淚。

魔法師變成惡魔了，莉莉想。

「妳沒用腦子，」偉峰拿著義肢，褪落的皮膚層像花瓣，他的兩手則如同花萼：「想想外面，那幾乎上萬年的半衰期，妳要我們的後代活在那樣的世界嗎？妳要我們活在這個巨大的殼穴裡，永遠不再有雲、有雨，有任何天體的世界？」

「你可以自己去找她的，」莉莉說：「她就在你身上，你可以變成她。」

「不，我沒辦法。造物者沒辦法成為受造物：不願，也不能，」偉峰說：「這是我們的傲慢，也是我們的侷限。」

她多麼希望那在遠方，由她想像力所凝思出來的腿來幫她站起來啊——

「莉莉，妳也要遺棄我了嗎？」

一絲火光閃爍在殘肢。收線的疤痕看不到了，有種霧膜的東西開始包覆住莉莉的左大腿的根部。

「妳也要像莉絲那樣離開了嗎？」

誰知道？說不定她才是魔法師呢。

「不，那隻腿你留著，」她終於回話。

偉峰卻看起來驚愕極了。有可能嗎？莉絲，人類等待了太久的奇蹟——

「現在，你有你的新玩具了，或者應該說，新陽具？」莉莉說著，站了起來，螢亮的殘株下有如泉瀑襲湧著她新的肢端。她站得真美，像一個新生的物種，她輕聲說：「它哪裡也不會去。」莉莉指著偉峰手中的金屬腿肢：「而我，」她指向那隻浮幻的新肢：「會隨它的意願到任何可能的地方。」

幻光如水，使兩人的眼膜似乎都有瀲灩的錯覺。

莉莉念出：「莉莉絲。」通往輻染之土的門打開，她和幻肢走入凜冷漫塵的世界，彷彿游入曾是沸灼熔岩而如今已然冷卻形成山脊與深溝的海洋。

像一隻人魚，與她的尾鰭。

（本文獲第四十屆時報文學獎）

女神

伊雯醒過來，男人的屍體依稀還留存著餘溫。

男人很老很老了，黧黑多皺的肌膚像上個世紀的圳溝，沖蝕過無情的時間之流，留下一道道年歲的紀念，那展露在外的身體與他身穿的潔淨的白袍形成反差，就像一件罩蓋自身靈魂，黑白錯織而多褶的壽衣。伊雯的手拂過那張如面具般閉斂雙目的臉孔，彷彿因為對此毫無記憶而意圖透過觸覺識別長相。她不記得任何關於這個老人的事。

事實上，伊雯不記得任何事情。她對周身與自己的概念只限於一切合該具備的常識，比如說，她了解自己是十五歲，並且這不是一座常見的建築體。

她在這座建築體裡探索。彷彿是併合研究室與家居住宅的所在，有起居室、書房與臥房，但也有無菌實驗室與附屬冷藏間，在高壓玻璃後陳列的是一架架擎舉凝置的機械懸臂，其下承載許多精工排列，有如幾何迷宮的晶片的托盤。怪的是，這裡不見任何窗戶，一切光源來自壁間或霧狀地面經過柔化的光。廊道拐角與整體空間非歐幾何的設計，令伊雯有種恍惚暈眩的感覺。她的腳步踩在冰涼的地面，像身處一座太空船的艙室。這裡神祕而令人疑惑。

伊雯在臥房翻找衣物，試圖替換身上有如寬鬆浴衣的白袍。她沒多少選擇，最後換上式樣簡單的T恤和牛仔褲。她在臥室廁所的鏡前長久凝視自己的長相，卻無法因此而有任何心靈的波漣。鏡中的人影依從她的指示做出表情，印證她仍是這張臉的主人。

她將略微過肩的長髮束成簡單的馬尾，為那金黃輝耀的髮色而微微吃驚。她為什麼知道自己的名字卻不知道自己是誰呢？唯一可能有答案的人死去了，而她在這座建築裡無法找到任何有關她身分的線索。

她必須離開這裡。

伊雯找到一個深棕色的合成皮背包，蒐羅了剩餘的衣物、儲藏間的罐頭、加壓密封的水瓶，帶上一些她覺得這段路上（她不確定會有多長，也不知道目的地為何）可能會派上用場的事物。伊雯曾經疑惑這光潔亮白的空間裡引人遐思的蛋形莢艙與布滿諸多電極與接線的複雜儀器，然而彼時她未曾多想，只是急於找到能回答她身世的人。她在實驗室取走一把鑿子似的工具權充防身，多拿了件白袍禦寒，臨走前，她在門口不小心絆到一個錐型瓶似的白色物體，以為是手電筒之類的物事，但很快地，那個物體的表面閃爍一陣混亂繁錯的光點，發出高亢的弦樂聲，那兩個上升復下降的音階讓伊雯聯想到表示疑惑的意思。

白色錐體撐升起來，露出底部黑色的滾輪，兩隻靈活鑲有球形節點的細肢從身體兩側分離出來，朝她揮了揮。

「呃，嗨。」

白色錐體發出一陣好聽的旋律。

「你是？」伊雯觀察著這個小機械體，她看見牠神氣活現地用細肢敲敲身側，伊雯讀了出來：「家用小幫手，你最好的朋友—測試版3.5。」

伊雯點點頭，說：「噢——你有名字嗎？」小機器人用另一邊細肢再度敲了敲對側，上頭寫著「Automa」。

「奧托瑪？」一陣亮麗的裝飾音表示同意。

「我可以只叫你托托嗎？」

小機器人的身體下降，黑色滾輪縮進了腹艙，就此不動。依雯以為牠不高興，但小機器人突然間揮舞著兩個纖細的臂肢，高速環繞伊雯奏出一陣風鈴般的音符。

伊雯帶著托托找到通往外部的出口，是一道氣密式的活板門。步上階梯，伊雯驚訝得發現托托有力的懸臂讓牠可以輕鬆越過梯級的高度。接著，她被建築與景色的巨大差異驚嚇了。眼前是一片黃沙般的荒蕪瘠地，只有零星樹叢與一些怪異的鱗莖狀植物點綴其中。

「你覺得，老先生會不會需要一個葬禮？」

托托在原地繞著微小的圓圈，沒有表示。

「嗯……還是先找人問問是怎麼回事好了，」伊雯沉吟：「但是老先生的身體不知道怎麼辦，會不會腐壞呢？」

托托的頂端打開一個小孔，投影出室內溫度表，她看見房間被調節至零下。伊雯拍拍它，說：「你知道最近的，呃，有人的地方怎麼去嗎？」

托托發出亢揚的音階，興奮地往漫無邊際的黃土路的遠方直衝而去，伊雯大喊：「嘿，等等我——」

於是他們就這麼上路了。

機器人托托形態笨拙地用它錐形裙幅下的滾輪隨她走過這一片廢土。這裡毫無有機生命的存在，偶爾她能看見被埋沒在沙土下的牆垣或雕像，大堆成團的電子零件叢集，餘下，只有乾枯風蝕的植物與岩石矗立在這塊被上帝遺棄的荒漠上，像一片沒有止境，零星散置的廢棄垃圾場。

伊雯看見一輛有翼的載具曝屍荒野。那輛載具的車蓋鬆展如翅，內襯坐墊裡的髒黃色棉絮布散在四周，像是禽鳥的絨羽，太陽灼曬斑痕雜駁的車體，殼色俱蝕。伊雯有一種文明提早滅絕的惶然哀感。隨著太陽西沉，氣溫開始下降，她翻找出那件白袍勉強當作外套披上，忽然一座聳巨的黑影如蜃樓般搖曳在視野的彼端。托托激動起來，又一溜煙消失了。伊雯當它去探路，坐下休息，默默等它回來。

托托帶著同樣伶俐活潑的動力，奔回伊雯身邊，兩隻懸臂的觸端朝著蜃影的方向閃爍美麗的光華，伊雯說：「那就是我們的目的地嗎？」

托托的音律說是的。

隨著兩人的走近，城市遠比想像中更為龐碩，高築的城市樓廈像是末日般的海嘯遮覆了夕陽，金橙的顏色如同城市在另一端起了大火，吞沒了行將輝耀的夜都初燃的燈光。

城市的入口似乎並不鼓勵人們移進。雖然一些全像幻燈與霓虹閃爍出「歡迎來到千陽市！」的標語，然而城市的入口幾乎宛如某種爬蟲類的泄殖腔，髒亂穢臭，吞吐著走私者、皮條客與偷渡的勞動階級，那是屬於下等人的絲路。不少人對這個白色的嬌小身影投來目光，但伊雯卻仍專注在這座城市譎怪的造型。排水道似的拱型走廊棚頂大裂，洶湧堆棄為數龐大的過時器械與不明物件，有如遠端城市不堪的黑色尾浪，又像從大樓嘔吐出來的穢物。伊雯頗受震撼，相比之下，她所來處那一片純粹的金色黃沙都比這座城市來得動人許多。伊雯抱起托托，小心避開地上窪陷的小水坑，只因那錯彩鏤金、閃灼豔異之色的液體很可能並非純水，而是帶有劇毒的電解液或生化油汙。她看見自己的小小身體與臉孔在那些幻變的色彩中被降解成妖嬈扭曲的破碎身影，彷彿一個失意潦倒的脫妝舞孃。她別開眼，沿著城市街頭逐步往都心邁去，她看見一個男子赤裸著上身，一些發光的標語字幕沿著他的肚腹攀爬至胸口，手臂兩側發出流炫的螢光。他的姿態隨那些光影而有所變動，只為了組合出雙手間按光跡排列出來的特殊式樣。男子臉色空漠，像跳著一支詭祕肅穆的祭祀之舞。他的身體是一幅廣告的底圖，出賣給企業作為屏幕，宛如一個隨時都在塗改身上刺青的圖案人。

城市更大的廣告由偉岸的全像投影組成，有如一只只巨大的神燈煙吐而出的精靈，紫青、暗藍、銘黃與酒紅，甚至有輕盈的鱺梨色在上空打旋，各式語言盤錯交織，很快地，她看到一個巨大的身體緩緩挪動，以一種慵懶嫵媚的姿態斜倚高廣的摩天大樓。她最後甚且躺下，漂浮在城市上空撫挲她曲線美好的裸足。藍膚女人有數百公尺之高，她的指甲像一襲魔毯可以讓伊雯安穩站上，而她側臉的纖長眼睫彷彿一個能令凡人困在那雙惑人眼瞳的牢檻。那張巨大的臉悠悠轉動，翹嫩的粉唇別有含意地指向她手上的唇膏。女人有一雙著火的眼瞳與一頭非現實的長髮，高解析度下可以識別那如霧藏沒的鬢髮與寒毛。她的眉線頎長亮麗彷彿有無數小水晶潑灑停棲，髮尾滾燃著流離不定的碎焰。她或者是這座城市最為盛大的奇蹟，一架通電的木偶！如果她擁有身世，那麼只能是為光所生孕。

伊雯的面孔霎時被摘去黏合上那份注定要懾人心魄的美。有一瞬間，她失神了，宛如偷換了身分，以為自己是那雙瞳孔的主人，正看著在這城市陰溝裡小小的自己。穿透擬造巫術的魔法，那張臉確實是伊雯的副本，只是女人的身體更為豐滿，性徵更為顯眼。

為什麼，她的臉孔會由那樣的虛擬偶像穿戴？如果那個女人真實存在，那麼她又是誰？伊雯覺得自己彷彿一個行走在水面的倒影。而此刻，藍膚女人攪亂了瀲灩的波影，猶如白磷彈火施放般爆燃開來，無數個迷你伊雯投落在城市與人身等大的牆面、玻璃、空中與路人身軀。

那由伊雯代言的巨大口紅全像投影廣告經過街邊一個披裹袍服、渾身蒼白的年輕男子，亮紅浮印在他的肌膚上，一瞬間與他外裸出來耀目含光的刺青媾和，成為一種隱棲都市的光學迷彩，像是給了這男子一個最切實不虛的唇吻。伊雯注意到年輕男子悖愕失神地凝視過來。

也許他會有答案。

伊雯來到男子近前就像一整座豪華的風景搬遷到對街，令人困惑又不真實。

「妳……不可能——不可能——」男子一逕自語：「妳不可能是女神，但妳的臉，不——」

「我是她，但又不是她，」伊雯看向那雙失神的雙眼，才意外發現那張臉孔有多年輕，不比她大上幾歲。男孩身上掛著 8 字形垂鍊，穿著式樣奇特的袍服，外裸的身體鐫刻許多發光的刺青：「你能告訴我，為什麼我長得像她嗎？」

「妳不可能是她，」那男孩喃喃說，陷在他自己有限的迴路：「不……」

「對，我就是她，」伊雯著急起來：「告訴我，她是誰？為什麼我是那個樣子！」

伊雯抓住男孩的手，男孩彷彿被灼傷般甩開。

「妳不是她。妳太小了，根本不及她一次電流的痙攣。她不是任何特定的人，因為妳不能愛一個特定的人，她的獨特的味道，她身體的某個疤痕或痣，她對某些東西怪異的癖好。她是全部，我們都愛她，而她也愛我們信使，如果妳宣稱自己是她，妳必然只能是她的一部分。那麼，妳不是她。」

「什麼意思？信使？難道你們不談戀愛，不結婚，不生養孩子？」

「壯麗的光泉，澆鑄我們愛戀的雕像，我們信使是專侍女神的禁衛軍，傳布女神之愛的永恆迴圈。愛一個人意味著你必須放棄你對女神的想像，愛一個人表示你必須減損女神的美麗來成全你那個令人羞恥的單戀。」

「誰說的？那麼人都要絕種了不是嗎？」

「這就是整個教義的含意：將你的愛戴上保險套。這不僅將帶來出色的人口控制，也讓心靈常保安適。」

「你瘋了嗎？說人話好不好！告訴我！」伊雯狂亂地搖晃他，男孩驚怖的臉上開始現出悵惘與迷狂的神態：「我懂了，妳是假冒神形的褻瀆者，」男孩越喊越有力，越說越確信，蒼白的兩頰浮起不尋常的紅暈：「妳這個意圖使人閹割想像的女巫，破壞人類崇高孕戒的娼妓！」這次，換男孩抓住伊雯的雙手，托托發出淒厲的哀鳴，從伊雯懷中掉落。

伊雯掙扎著，卻無力抵抗瘋男孩虔信的蠻力。她的頭撞上街邊的光牆，屏幕蛛網般如爪四裂，將影像粒子排布成扭曲的原色像素。

暈眩中，一絲血色流過她的眼前，有隻手忽然一拳從男孩肚腹擊去。男孩放開伊雯，往後仰跌，發出賭咒與哭號混成的哀鳴。那隻有力的手拉住她，說：「這些該死的狂信者，」穩住她後，那隻手示意：「跟我來吧。」

伊雯在昏眩的視野裡不忘一把抄起托托抱在懷中，聲音的主人牽著她行走。「給妳，破相就不好了，」那個男低音遞給她一塊清潔的布面止血：「妳的傷口需要照料一下，來吧。」

男人有一頭銀灰如雪的短髮，上頭結滿無數微小的金屬片。伊雯將手從男人手中抽回，男人笑道：「那要跟好噢，街頭不安靜。」

伊雯還沒從剛才的景像中回神，掩襲而至令人目盲而過曝的城市光流令她沉默。男人帶著伊雯猶如一隻半催眠的陀螺，由垃圾頁岩、電子沉積物主導的暗僻小徑如惡花綻放，腐敗的數位森林伴同那些赤裸的蒼白人馬、異服的牧羊神與信息河畔的寧芙錯落調笑，仙境與地獄共在，美麗與失落並存。

伊雯驀然發現她身處一個光敞潔淨的房間。

「歡迎蒞臨寒舍，」男人故作浮誇地鞠躬，將伊雯按在舒服絨軟的棕色沙發上，要她壓好傷口休息，接著說：「我去拿急救包。」

「你……你說狂信者是什麼意思？他們崇拜那個藍膚女人嗎？」

男人的聲音遠遠傳來：「永迴教都是群狂信者，妳不知道嗎？外地人？這有半個世紀久了。藍色伊雯是一場規模宏大的偶像戰爭的結果，她最後停駐在我們千陽市上空，像一個守護神。藍色伊雯由千陽氏掌控，」男人拿著一個白色立方體回來，取出一罐油膏：「這是凝血劑，不會痛的，」他輕柔地將油膏塗敷在伊雯髮叢與額際間的裂口，說：「講到哪了？——噢，千陽氏，他們是千陽市的管理機構與獨占企業，所有金流與數位訊息都必須流經千陽企業的中央伺服器，妳可以說他們是這座城市的靈魂中樞。藍色伊雯是千陽企業姣好的面具，那時候，他們暗地裡鼓吹一種關於女神的信仰，用結構複雜的支付系統作為綁縛信眾的籌碼，但狂信者真正的來源卻是被節育政策下的棄子發揚的。一些父母為了躲避高稅率，被遺棄的兒童被賣作器官宿主、感官奴隸或低階勞工，他們逐漸相信某種形式怪異的禁欲主義，唯女神至上，發誓糾正人類的濫欲。他們大都是很年輕的男孩，卻正是這一點讓他們破壞力極強，哈，好一個孩童十字軍——千陽企業大概很後悔扶植這個不穩定的亂源。」

伊雯在異樣的名詞與符號間泅泳，努力抓回一點理解：「那麼，你知道，」伊雯一時間非常猶豫，垂首斂眉，輕輕摸著托托光滑的表面：「為什麼藍色伊雯有我的臉嗎？

我的意思是，為什麼我像她？我也叫伊雯但我不記得自己是誰……我覺得自己空空的，什麼都沒有，像一個人偶。藍色伊雯都比我真實，她是真的嗎？我可以找她談談嗎？」伊雯這番話凌亂怪異，連自己也覺得荒謬。

「嘿，慢慢來，」男人說：「我們都還沒自我介紹呢，我叫凱恩，現在我知道妳叫伊雯了，不，在我看來，妳不像她，妳比她好太多，妳比她更美，更有生命力。」

「真的嗎？」凱恩的話讓伊雯興起一陣暈陶陶的羞赧，這番話令她覺得受用並非他誇讚她的美，而是他肯定了她身為一個個體的尊嚴。

「那麼，你會幫我嗎？我在這裡沒有熟人……有什麼辦法可以和她說得上話……」

「一步一步來，」凱恩皺眉，說：「先把這件髒掉的袍子脫掉吧，我這有些衣物你可以換穿……」伊雯這才注意到那件她從實驗室帶走的白袍承接了她的鮮血，猶如一片純白花叢中開出的血色玫瑰。伊雯在凱恩碰到她前將袍子脫下，她緊張地說：「謝、謝謝，我這樣就好。」

「確定嗎？我相信有些服裝妳穿起來絕對豔光四射，」凱恩順起她在拉扯中從束帶散落的金色的髮梢，摟住伊雯的肩，用夢幻的語調說：「想像這頭燦爛的金髮別滿閃爍的電路片與二極體，在三維景深裡刺瞎那些顧客的雙眼，讓他們拜倒在妳的美麗之下。妳將成為世界上最美的生靈，能和任何事物戀愛，那絕對能擊垮那個只能吸引處男玩宗教遊戲的女人。我是幽法莉亞的合夥人，來到我麾下的舞孃沒有一個不登上最輝煌的舞台，想想看，妳可以短時間累積巨大的人氣，一張比那女人更完美更可人的臉蛋，妳將有巨大的資產去尋找妳的答案，怎麼樣？」

「謝謝你，」伊雯急急地說：「但我不覺得那是我想要的，謝謝你幫我想到這一切，真的，但我想，也許，我會用別的方式找到答案——」

「我想不出有比這更好的辦法，試想，妳要如何攀上千陽市的上層，去問一個誰都不在乎的問題呢？妳看看妳現在的樣子，妳的獨一無二也不過是她的一部分，可是交給我，我的團隊，我們將創造何等的奇蹟——」

「凱恩，」伊雯將她纖細的指頭放上按住她肩膀的手，柔聲說：「我知道，我的疑問對別人沒有意義，可是，這也是我唯一存在的證明。藍色伊雯是我的線索，對，也許我比不上她，但我從來不想要比誰更好，我只想知道我是誰……」

「不，妳沒聽清楚，」凱恩的男低音出現了，那個聲音變得冷酷而陰鬱：「沒人能拒絕凱恩的提議，」那在肩膀的力道加強，這個聲音似乎改變了凱恩骨骼筋脈，彷彿這不容拒絕的音流賦予了他身體金屬般的質地，伊雯被按縛得不能動彈，心裡慌張，他繼續說，銀白的髮與銀灰的鐵在伊雯眼前晃動：「承認我的權柄，我將保護妳在千陽市不受任何人的侵擾——」

「拜託你，我不想惹麻煩，」伊雯開始出現一種額上傷口又裂開的幻覺，疼痛似乎從四面八方襲來：「我一點也不想要這張臉，對不起，我沒辦法——」凱恩撕開伊雯的恤衫，她的胸乳像受驚的兔鼻般細細顫動，寒涼的風拂過身體，她無力的掙扎，凱恩的呼息近得令她作嘔，忽然，伊雯在口袋中摸到那把鑿子，下意識往他臉上戳去。一道殷紅的孔穴流出鮮血，像初潮的陰部，他痛得大叫，一把奪過鑿子，盛怒中，凱恩把伊雯摜倒在地，伊雯一陣昏眩，一道熱辣的痛楚撕開了伊雯的面目，彷彿要釋放她靈魂底層的真相。生存的渴望要她清醒，伊雯在溫溼黏稠的錯亂視線裡爬向出口，但凱恩絆倒她，她的身體又被疼痛的浪潮淹襲，彷彿這一切傷害的元凶並非男人，而是她的身體施加的刑戮。

伊雯卻突然聽見凱恩叫道：「該死的機械蟑螂——」這才想起托托，她穩住自己，看見托托的細肢正對凱恩施放電流，男人顫怵僵凝，碰倒了他家中的飾物，跌在一旁，伊雯趁此抓了托托逃出門口。

大街生猛異樣的氣息突然變得如此可喜，流血的伊雯奔走街頭，唯恐那個男低音如幽魂忽然在耳際呢喃。伊雯走得東倒西歪，昏天暗地間只能裹緊身上餘存的布料，深怕這樣潦倒脆弱的形象誘引更多詭異瘋狂的惡徒，但伊雯沒想到的是，她臉上的創口只會令路人恐懼。跑了許久，在路旁坐下，伊雯試探地摸著鑿子雕畫的傷口，痛得險些暈去。

身上的布料在右肩處被整個扯裂，她索性撕下稍作包紮，凜冷的空氣將她肌膚的知覺大陸侵吞成一座一座半島或小島型的塊狀痲木。一個迷你伊雯在身旁輕盈舞動，像個失實的鏡面，嘲弄眼前這虛無的幻影。托托發出悲傷的低鳴。

「總算找到妳了，糟糕的一天，嗄？」

伊雯模糊的視線隱約描畫出一個片狀的黑色形影，她戒懼起來，努力支撐身體卻激喚強烈的疼痛，她悄聲說：「對不起，托托。」意識便被取消了。

陽光如雀鳥棲停，在柔順的髮上留下日曬的味道，耀白燦爛的天空卻突然被一陣繚亂光色所侵奪，蕩紅豔紫，爪狀的閃電讓整座濃雲密布的天空彷彿破碎的瓷器。細小的銀魚在空中群聚游動，柏油路面浮冰般龜裂開來。高大可怕的海妖身上滿是鋈亮的鱗紋，閃爍華美，但臉部均往上拉開尖尖刺戟似的魚鬚，兩手指爪亦尖利危險，獰惡著五、六公尺的身高在人們頭頂與保護人類的人魚武士搏鬥。整個場景散發強烈藍紫色對比的妖異顏彩。道路上結滿藤壺和海帶似的深海底棲之物，巨大的鹿獸身上細膩栽植那些絨軟美麗的米白色毛髮，牠以蜘蛛四腿平行張開的怪異姿勢抬舉牠崇高優雅的頭頸行走，許多騎士縱隊踏著轟隆隆的鐵蹄一路前衝，畫面被震鑠成錯綜的原色微粒——

「好了，做了點修補，」一隻戴著膠套的手指托著她的面頰，這個聲音與動作打斷了那個怪異卻如許真實的夢境，她無意中說出：「好多好多海妖，好多人魚，好多怪獸……」

「加斯——」另一個女聲大喊：「關掉它！」

「好嘛好嘛——」一個乾啞的男聲回應。

「嘿，妳醒了，」那個有著膠套手指的女聲柔聲說：「下手可真重——妳這道傷口不難癒合，過幾天等合成皮膚在鯊魚軟骨多聚醣再生織網上合成好，妳的臉就會跟新的一樣。比新的更好。」

「我夢到人魚、海妖，還有好多好多怪獸……」伊雯恍惚地說，那個女子有一頭正恐怖蠕動的長髮，她身穿湖水綠的手術服，伊雯感受到的膠套是她穿戴的乳膠醫用手套。

「唉，加斯！」醫生說：「對不起，本來麻醉播放器是預設讓妳放鬆的寧靜田野，加斯的遊戲改版後常常干擾訊號，妳看到的是他的作品。唉唷，琪亞妳過來解釋——來，妳的小寵物捨不得離開妳呢。」

「哇，托托——」伊雯在交響樂聲中抓住小機器人，牠發出高高低低的琴音，細肢輕輕地點觸她的臉，她說：「我沒事、我沒事。」

一頭刺立短髮，眼瞼與眼窩塗染大片炭色深影的女人笑著走過來，她的臉上在眼影外的肌膚錯鏤極複雜的圖騰，宛如從一座迷宮下落累聚成另一座迷你迷宮，成為一座巨大的迷城，她說：「小傢伙還好嗎？妳知道妳那樣呆愣愣地在大街亂走，很危險哪，尤其對妳這個年紀的女孩來說。妳可能會被賣到幽法莉亞跳豔舞，供男人在舞台後褻玩，或者更等而下之，成為某個富商的器官備胎或知覺分流器。幸好我堅持最後一天還是要例行巡邏……」

「為、為什麼要巡邏？」伊雯從夢境的餘緒中努力掙脫，試圖辨清眼下的狀況，今天有太多過量的資訊塞爆她的大腦了。

「找看看像妳這樣在大街上遊走的羔羊呀，」叫做琪亞的女人走過來，將伊雯扶下手術台：「我沒提過嗎？來認識一下我們新夏娃，」她們走出手術室光亮的所在，步向外面的房間。整個空間像一座後來加隔不同房室，搬空了機械的巨大廠房，手術房是這裡亮度最高的地方，外頭看起來簡陋卻相當乾淨，伊雯看見許多人在不同隔間裡就著流明不高的微暗壁燈休憩，有些投影在窄道裡閃爍，浮空的小魚小蝦們盤旋在虛擬的岩脊，琪亞說：「新夏娃專門吸收非永迴教的年輕男孩女孩、從幽法莉亞逃出的舞孃、器官宿主、被解放的知覺分流者、棄子，還有一切反對千陽主宰的人，她們全都聚集到伽梨時母的手下，獲得全新的稱號，我叫涅墨西絲，治療妳的人黛絲，她別名美杜沙——新夏娃是一支利箭，將一舉射穿一千顆太陽。」

伊雯覺得琪亞身上有股令她著迷的特質，乍看有些冷酷專斷，但其實親和又自信非凡，她想，凱恩在她面前都會忍不住顫抖。

「幽法莉亞……」伊雯說：「那個人……」她撫摸創口：「說他是幽法莉亞的老闆……」

「早說了幽法莉亞沒一個好東西——不過，妳加入的時刻真有趣，」琪亞帶著笑意斜睨她：「在我們行動前夕。」

「什麼行動？」

琪亞宛如透露一個好笑得不得了的笑話一樣，開心地說：「我們要把幽法莉亞炸個底朝天！」看到伊雯吃驚的臉，琪亞接著說：「包括在妳臉上留下記號的紳士——幽法莉亞沒那麼光鮮亮麗，它不只是妓女舞孃跳舞和虛擬娛樂的場所，它的真身是千陽市地下暗網訊息交易的聚集地，所有不堪的器官買賣、外科手術、數位毒品還有知覺分流全都在它的後台進行，我們這裡有許多它的受害者，黛絲離開時，顱骨與頭髮就被整個扯下，她的老師在她頭上重建那些生化機械複合體——嗨，加斯，這位是？」

「伊雯，你好……」伊雯看見一間更大的房間，塞滿各種合金與滿地的金屬線架，像一襲堅硬凝止的漣漪，邊牆掛上許多各式人形機械的半成品，幾乎是一幅進化分解圖。那個體型寬龐的男子吸吸鼻子，抬起他那雙空無的大眼。黑色義眼緊咬住他的視框，宛如被一只防風眼鏡所詛咒。

「嗨，又一個新人！抱歉我在忙，就不握手問候了……」加斯彷彿在演奏樂器似地調弄眼前的機械體。

「你起碼得道個歉，」琪亞皺眉說：「你干擾她手術時的夢境了。」

伊雯搖搖頭說：「沒關係，真的，那個夢境很美，很漂亮，好逼真的夢。」

「嘿，瞧見了吧，這姑娘有品味，」加斯滿腹興味地打量她：「妳是不是有些面善啊，我在哪裡見過妳嗎？」

「我……我跟藍色伊雯有一模一樣的臉……」

「啊，都怪這條疤，對不起，我是說，這個傷口……」琪亞驚呼。

「難怪，誰把妳弄成這樣？」加斯說：「哪個叛教的信使？還是妳病態的父母要把妳推入火坑？」

「我、我不知道，我沒有關於以前的記憶，你覺得我是被整容成這樣的嗎？」

「我看一下，不介意吧？」伊雯搖搖頭。

加斯起身，輕柔地拂按她的頷骨至耳後，顴骨至額頭，眉骨到鼻梁，彷彿占卜師，只是這個卜算並不預言未來，而是揭露過去，他說：「不像動過刀，妳的骨骼也沒有充填墊高的金屬塊，這倒奇了……妳甚至沒有肚臍！」

「我有啊！」

琪亞說：「他是指數位接孔，千陽市每個人都有，這個，」她指向頸背上的金屬小圓孔，「也有人叫它第二陰道，哈——妳真是充滿謎團呢……」

伊雯摸摸她光滑細緻的頸背，沒感覺任何開口。

「這是妳的寵物嗎？我沒看過這型，」加斯指著伊雯懷中的托托，伊雯遞過去讓加斯細緻地翻查：「這做工，這手筆，我會很想見見設計師——」

「它的設計師去世了。」伊雯想起地下艙房的老人。

「加斯是我們的首席機械師，他對機械太狂熱了，」琪亞解釋：「那些是他的寵物，」她指著邊牆上的許多原型機，有一些只是概念，而有些已然是栩栩如生的人類模樣：「那是他的最愛，我看加斯倒比較像她的寵物，」琪亞指向邊牆，一位火紅髮色的美麗女人對著她眨眨眼，她輕巧坐在邊牆的坐台上，搖晃雙腳，彷彿一個坐在露台曬著日光的少女，琪亞語帶嘲諷，說：「凱菈很可能是他唯一愛過的人……因為她嬌巧，紅髮，而且還很貴。」

「妳這毒舌的復仇女神——我不會說她是我最好的作品，但確實，她是我的伴侶……」

「男人的自慰品，」琪亞下了總結。

加斯沒有生氣，反倒說：「自慰也沒什麼不好啊，反正大部分男人都是通過女人來自慰的，」加斯的手似乎停不下來，他解開機械體重新裝配：「那麼，手淫起碼不利用他人嘛，我的意思是，很多男人並不做愛，他們只是在幹自己，你懂我意思吧？」

「妳看，總有歪理，說不過他的，掰啦，別在搞那個虛擬人魚破玩意了——」琪亞推著伊雯離開，加斯比了個中指。

「感覺你們都好有天賦，有目標，有自己獨一無二的東西噢。」伊雯對琪亞說。

「有一天，妳也會的，新夏娃會幫妳。」

「我、我可以去嗎？我也想幫忙……」

「不，」琪亞半是訝異半是好笑：『我們不會一開始就把新人送上前線，還是這麼危險的一次。」

「妳知道我有理由去的，那個男人，凱恩對我……」伊雯說：「他說，即便我有獨一無二的地方，也不過是藍色伊雯的一部分……」

「別聽他胡說，凱恩是一隻殘忍的毒蠍，貶低妳又抬舉妳。妳現在只要好好靜養就行了，過幾天我們會幫妳處理好傷疤。」

「不，我不要，我要它作為一個紀念，它會成為我真正的臉，我的第一個名字，這樣我就不像她了——」

琪亞凝視她：「妳總是讓我驚訝，大部分人會想留存那樣的美貌的。」

「不，我不想，我唯一的願望是找到藍色伊雯，或操作她的人，」伊雯失望地說。

琪亞沉吟了一下，彷彿在腹中反覆考慮：「也許……妳真能去也不一定，畢竟，幽法莉亞是千陽企業的倒影，我們可以闖入後台對接大數據，一定有伊雯的資料，啊，千陽的祕密禁區……」

伊雯堅定地凝望琪亞，後者牽起她的手。

黎明前夕，伊雯與涅墨西絲、美杜莎、耶洗別、莎樂美、米蒂亞等無數幽法莉亞豢養出來的孩子齊聚在大堂。在台上統籌行動與行前演說的伽梨時母據說曾是最早的成員，沒有人知道她的名字，幼年曾在幽法莉亞經過雌激素施打與外科工程，滿足對陰陽雙性具有渴望的客人。她的聲音沙啞富有磁性，與其他成員一樣，都穿上曼妙貼身的高強度電網奈米編織物。琪亞、黛絲與伊雯合組，其他人都成對出發。任務時間不超過六十分鐘，他們將分進合擊，直搗後台。

他們在黎明前夕的夜色中襲進，正巧是笙歌奏響的高潮，此後，只能是令人失望的蒼白明晝了。有些組別主責電弧炸彈，用以癱瘓幽法莉亞的供電網，有些人負責疏散倡優與後台的知覺分流者，以及完事後爆破整個會館的定時高爆彈藥。

幽法莉亞是一場數位煉金術的浮誇洗禮。華麗複合式的宮殿依主題分割成巴洛克、洛可可、新古典、哥德式等不同風格，以環型圍繞位於正中的巨大舞台，在上方豔舞的均是妍麗不可方物的絕色，人們在各式主題裡狂迷縱跳著雜駁難分的舞步，各種投影與人們身上的光影疊映成曼陀羅似的複瓣花苞，像是一道道色票在身上游走。她們隨侍者走向後台門禁，伊雯看著琪亞與黛絲俐落地放倒了兩側守衛，趕在侍者驚喊前擊暈他。眼前就是一道直線的下坡路段，整座幽法莉亞以層層圓環往下擴建。她們穿過後台廚房與儲藏間，看見了休息室。伊雯的一瞥目擊了門扇後的女人們都裹上木乃伊似的布巾遮蓋鼻唇，只為了在其他部分以噴塗法髹上豔麗絕美的妝容。她們沿途行經諸多打扮誇奇的舞孃，所以不受注意。在下一道門閘前，琪亞就用加斯開發的破冰鑰打開了密碼鎖，門後是另一支小組的終點供電室。幽藍寧靜的色澤給人一種水族館才有的，透隙水流的光度折射所造成的波晃影搖之感。

供電網絡橫跨了三個圓環層區，第四層才是琪亞口中的萬惡淵藪，也就是知覺分流室。打開門扇後，低溫散熱的沍寒之風襲來，無盡的主機排布在廠房遠端嗡嗡轉動，承荷那些為其所圍繞的分流者的可怕夢境。

伊雯看見無數無數的少男少女們被架放在那些單間的個人莢艙，形成一列列有如放大無數倍的停屍間。他們鑲上布滿皮層電極的頭盔，在擬感環境裡無意識地抽動震顫，宛如一具具叢密集聚，無助款擺而邪豔的人體珊瑚。這些分流者將他們在虛擬實境創造出的情境中、在一次次重複場景的暴力殺戮或性愛施虐裡所體驗到的恐懼、狂喜、瘋醉、盛怒與慟傷的情緒之極限花火，拉拔到前所未有的高度，提供那如膏餘蜜釀般精純的感官快感刺激、為數龐大的情感雜燴給千陽貴族們。這些饕客活像一群按時刮食蝴蝶鱗粉的寄生蟲。

伊雯望見琪亞和黛絲憤怒的眼神，知道她們恨不得能一個個拆毀那些電子囚牢。但她們只能無助地等待供電網的關閉，畢竟，任務是在斷電後、備電能源啟動前，將這些男女們從幽法莉亞深惡的夢境裡喚醒。

「妳知道，即便我們救回他們，他們有些人很可能也無法恢復過來，」琪亞抑斂口中顫抖的聲音，像有塊鋼鐵含在嘴裡：「為了提高感官分流的產量，他們長期施打混和藥物和數位毒品，過量的合成酶與長久的施虐場景會造成永久性的創傷，成為他們靈魂上永遠去除不了的刺青……」

四周燈光暗滅，電網運轉的白噪音漸漸穩靜下來，那降階的聲調宛如一聲巨大的嘆息。代碼登入了，等備電啟動，控制他們的夢境就會消逝，那時，伊雯就能透過琪亞對接千陽的資料庫。

不到半分鐘，備電便重新運轉，那陣不絕於耳的嗡鳴聲繼之響起。黛絲突然驚呼一聲，頭上的機械髮絲如貓毛膨立，琪亞舉起槍枝，一個模糊的身影在她們眼前如煙凝聚。她的身體一如往昔，是令人憂畏的藍。

「啊，我的另一半，我的肉，我的繭殼。」

「藍色伊雯？」

「不，我不是藍色伊雯，我是憂鬱的伊雯，或是伊雯藍調，」她輕吟起來。

「我不知道妳還能唱歌。」

「我能做任何我想要的事。唯獨活著。我等妳好久好久了。」

「妳是誰，」伊雯下意識地握緊躺在她衣袋裡的托托：「不對，我想問妳，我到底是誰？」

「羅斯博士沒和妳一起來？他不是應該要解釋的嗎？」

「博士死了。」

藍色伊雯露出十分寂寞的神色，但並不悲傷，她只說：「我一直想再見他一面……和他在一起的時光是我身為人類最美好的回憶。他教會了我生命並不只有失望與痛苦。」

「我聽人說，我不過就是妳的一部分……」

那張脫去廣告妝容的素淨臉蛋如今變得稚嫩年輕，讓伊雯像迎著藍光照鏡子，鏡裡的臉說：「妳還不明白嗎？妳就是我呀，妳是我曾是的一切——」

藍色伊雯說，六十多年前，一場意外使一個十二歲的女孩智力退化到三歲，無法回復正常的生活。當時，千陽市首席生物機械師羅斯在千陽企業的支持下，開發出一套深度學習的運算系統。它主要用來將意識置放到擬感環境中重建正常功能，讓受試者可以重獲身而為人的尊嚴。實驗的狀況很好，甚至超乎預期，實驗團隊發現它甚至能開發人腦的極限，對接數據庫後，人的學習能力將倍乘增長，這就是如今人人都有數位插孔的由來。但千陽要的更多，它們責令博士考量將整個大腦意識放入數據流的各種可能，博士猜臆千陽主宰對永生的渴望，拒絕繼續開發，頓時，實驗叫停，女孩如今與數據流對接的腦成了企業的資產，被鎖入深庫，羅斯被拔撤所有職位，放逐邊疆。羅斯博士在這個嶄新的賽博格大腦安插了一道唯他所知的後門，女孩於是成了真正「桶中之腦」、數位意識的孤例。等到千陽想將冷凍的機械師重新喚醒，博士早已帶著女孩的肉身出走，不知去往何方。多年來，千陽一直企圖還原博士的程式工序而不可得。女孩的肉身，成了大腦移出後僅餘的殼簌。然而，身體有它自己的記憶，配合治療過程記錄的數據，一個新的女孩誕生了。博士的期盼是，有一天，他能帶著埋藏解放伊雯的鎖鑰，讓身與心、靈與肉，重新在同一個個體上接駁融合。

「為什麼妳知道這些而我卻什麼都不記得……」

「很遺憾，妳的記憶被收納在我這個藍色的鬼魂裡面，妳只有意識，卻沒有記憶，因為妳的大腦是一塊芯片。」

黛絲和琪亞驚愕地看向伊雯，琪亞說：「妳是說，她沒有記憶是因為……她是……從妳的大腦備份下來的意識嗎……」

「對了一半，」那個藍色的幽靈不因虛擬的全息身影而沒有存在感，她的聲音在這座冷暗的陵墓裡透過高傳真立體揚聲器轟轟迴盪：「沒有記憶，伊雯等於是另一個個體。羅斯一直透過後門系統推送著艱難的訊息，他承諾有一天會帶妳來到我面前……但他的期盼終歸是失敗了，不是嗎？」幽靈看著伊雯，似笑非笑：「我們現在都回不去了。妳是妳，我是我，我無法再體驗作為一個人類的感受了。而妳，叫做伊雯的少女，我羨慕你，如此年輕的生命，世界對你來說只是開始。」

「妳看，」她的衣裝褪去，大片的肌膚為花草植物所蜷附，藍色的寧芙召喚許多幻異如貓的小獸在四周縮身打滾，那些夜生花朵招展膨大的嫩瓣，暗金色的樹果在空中晃盪，宛如一顆顆垂吊的夕陽，女神說：「他們創造了我，創造我去愛他們，但是，他們愛我只因我被劃定了只愛他們。我能創造這一切，但我感覺不到妳，肌膚上露水的味道、早晨第一道陽光的氣味、被利器劃開的疼痛，」她最後帶著幾許鄉愁地說：「有一個還能感覺的肉身真好。」

她關掉了三維景深，又變回那個稀薄如雲的身形。伊雯發現她的側臉被降維成一道薄危的斜面，幾乎令人憐憫。

「妳一定很痛苦，有一個真正的腦，卻被囚禁在網路裡。」鏡像搖搖她那美麗的頭顱，說：「伊雯，妳的大腦就是我的代碼鑰匙，博士把後門程式放在裡面。」

「我要怎麼做？」

藍色伊雯指了指托托，後者將牠的觸肢伸出一道針尖般的尾端，伊雯點點頭，閉上眼，並不痛，她只感覺到托托點觸到她後腦肌膚癢癢的感覺。托托開始奏響一首複調的小曲。這意外的簡單，音符將被藍色伊雯轉碼成信號匯入千陽伺服器。突然，周遭響起來自上端的地鳴，不知道是來自藍色伊雯還是新夏娃的行動。

枷鎖掙開了。

「很抱歉說得這麼直白，某部分來說，妳的確是我的衍生，妳想把妳自己拿回去嗎？」

「不，我只想和我僅存的家人在一起。」

「我厭倦人類了，我可能會先去度個長假，不過，在妳感受得到一絲電流的地方，也許都有我的存在，或者，小傢伙會幫妳，」托托給了一個認真的八度音琴聲：「再會了，妹妹，要好好感覺，好好活著。」

藍色的幽靈渙散離去。

「走吧，」琪亞說：「這裡要引爆了。」

伊雯擦擦眼角，跟著黛絲和琪亞離開了地下陵墓。

她們抵達上方，才了解剛才那陣地鳴的來源，似乎炸彈引信出了差錯，意外提前引爆了宮殿一角。宮殿的投影穹頂頓時像蛋殼般破裂，黑色絲絨般的夜色透灑進來，所有人都驚嘆地停下手邊的動作。

伊雯心想，博士，但願你能看到我們從你設計的眼睛中所看到的。

那個巨大的藍色神祇如今徵調了全市的頻寬，所有的電流與數據、訊息和機械皆為她所用，像個汲取無窮魔力、美豔殘忍的女巫。伊雯看見無數男客的腦後插槽在這陣藍色浪潮裡蒸發超荷，燒灼過載。他們瞳孔上吊，痙攣不止，彷彿臨時改變了幽法莉亞舞步的曲風與節奏。

她看見了，那青藍色的身體在穹頂之外的城市上空跳著死亡的豔舞，憤怒的雙眼燃放著位元與代碼的幽藍冷火，所有與幽法莉亞對接蠶食那些男孩女孩們感官體驗的大腦全在剎那間就被超載的高燒迴路逆燃熟透，猶如一枚枚煎得焦黃酥脆的大腦皮層荷包蛋。這是女神最後的復仇。

伊雯目送她的姊姊、分身、魂魄與第二個自己離去，她對那個夜晚最後的記憶，是在那絲絲藍焰行將消失的地方升起的太陽，彷彿有著伊雯曾經的輪廓，一旁的琪亞只能敬畏地嘆息：「啊，又一個伽梨女神……」

【後記】

下沉的島嶼

我喜歡一切閃爍繁複，使人暈眩的東西。

那些字詞與腔調，風格或想像，都有它們可被識別的文學來歷。然而，其中的暗槽和陰影很大部分是從生命經驗中萃取的。碩班畢業以後，消防單位的替代役成為我第一份工作。與原來的科系差異之大，仍然時常令我驚愕。這些小說，泰半寫於服役之後，少部分得自大學與研究所。

在這段中介，服役大抵敲開了我曾固守的文學的世界（那個世界充滿故事與修辭，辯證與理論）。簡言之，這個世界不是為我準備的，但卻是我必須去參與的——爬上救護車、在火場外布水線、裝設住警器、宣導演練、值班接派、捕蜂捉蛇等等，一開始使我難以忍受。像一隻有著繁密神經突觸的外星生物，每每被傷病患的創傷或急病所震駭，為家屬的哀哭與求告而悲傷。這份ㄒ作有時切割我，像一把無從避免的利刃，有時又搖醒我，重新剝下舊有的，那心靈的蛇蛻。

我深知，如若這不是服役，是一份工作，早被辭退。若不是那像撿拾拼圖碎塊一樣的揣摩詢問，我不會摸清這些細節的眉角。因而，常感到對分隊有所虧負：深夜的出勤令人驚怖不已，面對傷病患因為膽怯而手顫身抖，頻頻出錯。早我一梯的學長總會耐心接過我手中無法適當完成的工作。巧的是，我與學長的名字只差一字，差異的那字，音又極像，隊員時常叫錯，我們每每同時回頭。

那一刻，便時常被這樣的思緒蠱惑著：在某個選擇之後過渡到此的我與那個偏入另一條支線的自己間，可曾有過相似的可能；會不會有一個更好版本的自己，或者，我已是一個壞掉的自己了？那會更好還是更差？或單純的，不過是另一個從此陌路的別樣形影罷了？

這些故事的模樣於是開始如同藤蔓支離繁茂，或是角色之間有了孿生或互映的重曝關係。他們時而分裂、時而走入岔徑，受困於某種循環的情境，活像一場多重路線的RPG遊戲。

閱讀與寫作成了抵禦外部現實的自救。每一日的服勤都是要艱難游渡的逆流，每一個明天都是遠不可及的岸沿，而每一次的假期都甘美得像是流淌蜂蜜的夢境。退伍的十月，如同生命裡其他欲望抵達的境地，幾乎像是一座需要奮力泳渡才能抵達的島嶼。

這段時間，有過很多靈感，每寫一次就感到痛苦一次。最常用的隱喻是火焰，身體自然就是火宅。形諸文字後那些靈感全變成平庸板滯的焚餘之物，連乾燥花都不是。像大火後的灰燼。寫作有時候像慢性自殺。完成作品首先是鬆了口氣，彷彿一一除掉了穿越熱帶叢林後黏附在身上的塵土、潮膩的蕨類還有水蛭，然後是欣喜：這起碼是個什麼東西。最後是長久的厭惡。你恨不得燒掉那些作品，但你接著想，你怎麼能燒掉已經是灰燼的東西呢？

保持悲觀，似乎是讓人唯一不會瘋掉的方式。

但閱讀純然是快樂的。我飢渴地讀，不顧一切地讀，看似讀了很多，卻感覺忘的比讀的多。遺忘如同陰雲遠從天空另一端龍罩過來，蓋翳曾經流過大腦皺摺的溝渠。字如流水，沖刷那些新生的洞壁與孔竅，但說不定大腦並沒有建成該有的溝渠，誰知道呢？放假返家時，我會下意識地抽出書櫃裡的書，翻至任何一頁，想著，這句子似曾相識，這究竟是我讀到的，還是我想寫卻沒寫下的；或是相反，我寫作，在無垠古遠的詞彙穿隧而來的星芒裡撈住特定的詞與句，想，這是我讀過的還是我想出來的？

寫作，我的影子建議：你要有兩雙眼睛啊，影子說，也許兩雙還不夠，要三雙，四雙啊。他用夢遊者般的眼神凝視我。我沒辦法，我說。

苦思竟夜，鍵打漢字，每一個字和字之間都隔著無法攀越的山脈。意象漫渙開來，像一副撲克牌油墨融落糊在一塊的樣子，皇后與騎士同上一張床，國王帶著小丑的笑。

服役的當下，時間何其空緩。心靈宇宙的重力場重新分布與傾斜，黑洞如一顆隱暗把光線抓來就吃掉的惡星，逕自旋轉。有時候，純粹只是在等待。

漫長的等待啊，像等一輛始終未至的垃圾車來輾壓那些字的垃圾。等待這些字詞裡最後終於終於，哪怕有一丁點意義的垂降。

然後忽地有一天，退伍了，那座島嶼早已不見蹤影。你才意外地發現，原來生命本已是由一座一座如峰巒隱沒在海中的島嶼鋪排而成，看不見它們之間的聯繫，也無從索解其意義。

此後，我無法再想像研究所書寫論文時光那無眠的晨起醒在上班上學的人群，只為吃一份當作午餐的早餐。無法想像睡過晚飯的那個人，在九點十點的街頭尋覓尚營業的店家。如今我置身街頭或商場比往昔更像異邦之人。在乾淨清潔的空調吹拂下更輕盈如鬼，宛如夢中之夢。

然而，我看到這些文字的存在，彷彿是那些無數逐漸隱沒的島嶼，那上頭緩緩晃晃，最後留下來的波紋。

文學叢書 638

INK PUBLISHING

太陽是最寒冷的地方

作　　者　黃家祥
總 編 輯　初安民
責任編輯　林家鵬
美術編輯　林麗華
校　　對　黃家祥　吳美滿　林家鵬

發 行 人　張書銘
出　　版　INK 印刻文學生活雜誌出版股份有限公司
　　　　　新北市中和區建一路249號8樓
　　　　　電話：02-22281626
　　　　　傳真：02-22281598
　　　　　e-mail : ink.book@msa.hinet.net
網　　址　舒讀網 http : //www.inksudu.com.tw

法律顧問　巨鼎博達法律事務所
　　　　　施竣中律師
總 代 理　成陽出版股份有限公司
　　　　　電話：03-3589000（代表號）
　　　　　傳真：03-3556521
郵政劃撥　19785090 印刻文學生活雜誌出版股份有限公司
印　　刷　海王印刷事業股份有限公司

港澳總經銷　泛華發行代理有限公司
地　　址　香港新界將軍澳工業邨駿昌街7號2樓
電　　話　(852) 2798 2220
傳　　真　(852) 3181 3973
網　　址　www.gccd.com.hk

出版日期　2020 年 9 月　初版
ISBN　978-986-387-356-3

定價　330元

國家圖書館出版品預行編目資料

太陽是最寒冷的地方 ／黃家祥著 .--
初版 . --新北市中和區：
INK印刻文學 , 2020. 09
面； 14.8 × 21公分. --（文學叢書；638）
ISBN 978-986-387-356-3 （平裝）

863.57　　109010637